· 语 文 阅 读 推 荐 丛 书 ·

中外历史故事精选

人民文学出版社编辑部／编选

人民文学出版社

图书在版编目(CIP)数据

中外历史故事精选/人民文学出版社编辑部编选.—北京:人民文学出版社,2018(2024.8重印)
(语文阅读推荐丛书)
ISBN 978-7-02-013789-3

Ⅰ.①中… Ⅱ.①人… Ⅲ.①历史故事—作品集—世界 Ⅳ.①I14

中国版本图书馆 CIP 数据核字(2020)第 137459 号

责任编辑　于　敏
装帧设计　李思安　崔欣晔
责任校对　王　璐
责任印制　宋佳月

出版发行　人民文学出版社
社　　址　北京市朝内大街 166 号
邮政编码　100705

印　　刷　北京华宇信诺印刷有限公司
经　　销　全国新华书店等

字　　数　157 千字
开　　本　650 毫米×920 毫米　1/16
印　　张　14.75　插页 1
印　　数　67001—70000
版　　次　2018 年 6 月北京第 1 版
印　　次　2024 年 8 月第 14 次印刷

书　　号　978-7-02-013789-3
定　　价　23.00 元

如有印装质量问题,请与本社图书销售中心调换。电话:010-65233595

出 版 说 明

从2017年9月开始,在国家统一部署下,全国中小学陆续启用了教育部统编语文教科书。统编语文教科书加强了中国优秀传统文化教育、革命传统教育以及社会主义先进文化教育的内容,更加注重立德树人,鼓励学生通过大量阅读提升语文素养、涵养人文精神。人民文学出版社是新中国成立最早的大型文学专业出版机构,长期坚持以传播优秀文化为己任,立足经典,注重创新,在中外文学出版方面积累了丰厚的资源。为配合国家部署,充分发挥自身优势,为广大学生课外阅读提供服务,我社在总结以往经验的基础上,邀请专家名师,经过认真讨论、深入调研,推出了这套"语文阅读推荐丛书"。丛书收入图书百余种,绝大部分都是中小学语文课程标准和统编语文教科书推荐阅读书目,并根据阅读需要有所拓展,基本涵盖了古今中外主要的文学经典,完全能满足学生成长过程中的阅读需要,对增强孩子的语文能力,提升写作水平,都有帮助。本丛书依据的都是我社多年积累的优秀版本,品种齐全,编校精良。每书的卷首配导读文字,介绍作者生平、写作背景、作品成就与特点;卷末附知识链接,提示知识要点。

在丛书编辑出版过程中,统编语文教科书总主编温儒敏教授,给予了"去课程化"和帮助学生建立"阅读契约"的指导性意见,即尊重孩子的个性化阅读感受,引导他们把阅读变成一种兴趣。所以本丛书严格保证作品内容的完整性和结构的连续性,既不随意删改作品内容,也不破坏作品结构,随文安插干扰阅读的多余元素。相信这套丛书会成为广大中小学生的良师益友和家庭必备藏书。

人民文学出版社编辑部

2018年3月

目　次

导读 ·· 1

大禹治水 ··· 1
商汤灭夏 ··· 4
盘庚迁都 ··· 7
烽火戏诸侯 ·· 10
管鲍之交 ·· 13
流亡公子重耳 ······································· 15
晏子使楚 ·· 18
孔子周游列国 ······································· 20
勾践卧薪尝胆 ······································· 24
屈原沉江 ·· 27
完璧归赵 ·· 30
荆轲刺秦王 ··· 34
鸿门宴 ··· 38
萧何月下追韩信 ···································· 42
苏武牧羊 ·· 45
王昭君出塞 ··· 48
三顾茅庐 ·· 51

王羲之写字换鹅	54
淝水之战	57
玄武门之变	62
请君入瓮	66
杯酒释兵权	70
《正气歌》	73
三保太监下西洋	78
戚继光抗倭	82
郑成功收复台湾	85
火烧圆明园	89
金字塔的来历	93
狮身人面像	98
石柱上的法律	101
佛教始祖释迦牟尼	106
《荷马史诗》	110
马其顿的年轻统帅	114
"狼孩"与罗马城	119
白鹅的功勋	124
斯巴达克起义	128
恺撒	133
耶稣的传说	137
古城庞贝之谜	141
穆罕默德	145
马可·波罗	149
哥白尼	153
哥伦布	156

欧洲黑死病 …………………………………… *164*

达·芬奇 ……………………………………… *165*

牛顿 …………………………………………… *170*

瓦特和工业革命 ……………………………… *174*

达尔文环球考察 ……………………………… *179*

彼得大帝 ……………………………………… *186*

明治维新 ……………………………………… *191*

电灯的来历 …………………………………… *194*

镭的母亲 ……………………………………… *199*

爱因斯坦 ……………………………………… *206*

萨拉热窝的枪声 ……………………………… *211*

奥斯维辛集中营 ……………………………… *214*

"圣雄"甘地与"非暴力不合作运动" ………… *216*

知识链接 ……………………………………… *219*

导　读

　　天地四方曰宇,古往今来曰宙。我们每一个人都生活其中,都是历史长河里的一个小分子。和无限的宇宙相比,有限的个人生命是短暂的、渺小的。但幸好我们是万物之长,耳聪目明,能认知能读写,能思考能记忆,能判断能创造,因而学习历史、研究历史就成为可能。

　　17世纪英国哲学家培根曾经说过:"读史使人明智,读诗使人灵秀,数学使人周密,科学使人深刻,伦理学使人庄重,逻辑修辞之学使人善辩;凡有所学,皆成性格。"(《论读书》)这是从个人修养的角度来阐释学习历史的重要性。一千多年前中国的唐太宗也曾经说过:"以铜为镜,可以正衣冠;以古为镜,可以知兴替;以人为镜,可以明得失。"这是政治家从治理国家的角度强调学习历史的重要性。西汉著名历史学家司马迁谈到自己写作《史记》的目的时说:"究天人之际,通古今之变,成一家之言。"(《报任安书》)则把对历史的探索提高到了"天人之际"的哲学高度。可见,不论个人还是国家,无论从哪个角度来看,学习历史、理解历史,从历史中吸取经验教训,都有助于认识现在,把握未来。

在四大文明古国之中,唯有中国的历史文明没有断裂,绵延至今。距今一百七十万年前的"元谋人"是中国境内已知最早的原始人类。距今近六十万年前居住在北京周口店一带的"北京人",能直立行走,能制造、使用简单的工具,并知道了用火。距今一万年前后的新石器时代遗址,遍布中国各地。在距今六七千年的浙江余姚河姆渡和西安半坡遗址,发现了人工栽种的稻谷和粟粒及农耕工具。

《史通》有言:"史官之作肇自皇帝,备于周室。"中国真正详细的历史记载也已有几千年了。中国作为具有悠久历史的国度,读史、撰史的传统源远流长。早在先秦时期,我国就已经有了专门的史学研究;商周时代的甲骨文中有"作册""史""尹"等字,金文有"作册内史""作册尹"的记录。由此可见,中国的史官制度也有很早的渊源。漫漫中国史依附着甲骨、青铜器、绢帛、纸张流传至今,给无数志士仁人以思索和启迪。

而关于世界历史的分期,学术界并没有完全一致的意见。欧洲历史习惯上有"古代""中世纪"和"近代"的说法,马克思主义史学则一般分为原始社会阶段、奴隶社会阶段、封建社会阶段、资本主义社会阶段等。但是要知道人类历史的发展并不平衡,世界各个不同地区进入某一社会经济形态有早有迟,在某一社会经济形态中经历的时间也有长有短。特别是自历史进入文明时期以后,很少看到绝对纯粹属于这一阶段或那一阶段的社会经济形态,也很少看到绝对整齐的、单一发展的由低级社会经济形态逐层向高级社会经济形态的过渡。因此在世界史的分期断限问题上,目前仍然存在着分歧。

简略地说,在我们所居住的这个古老的蔚蓝星球上,人类历史已经有几百万年。一般把500万年前至公元前5000年称为"远古时期"或者"史前时期",这一时期人类开始出现。公元前5000年至公元前500年,古代文明开始出现,中国与古埃及、古巴比伦、古印度并称为"四大文明古国",是人类文明最早诞生的地区。这些文明古国在距今7000年至4000年前,相继由新石器时代进入青铜时代,进而步入铁器时代。人类今天所拥有的许多哲学、科学、文学、艺术等方面的知识,都可以追溯到这些古老文明的贡献。

人类社会迎来文明的曙光之后,相继进入兴盛繁荣时期。公元前2000年左右,希腊人开始在爱琴海地区、巴尔干半岛南端定居。从公元前16世纪上半叶起逐渐形成一些奴隶占有制国家,出现了迈锡尼文明。大约在公元前1200年,多利亚人的入侵毁灭了迈锡尼文明,希腊历史进入所谓的"黑暗时代"。公元元年左右,罗马帝国建立,罗马帝国可以用来表示所有在罗马统治之下的土地。罗马疆域的全盛时期总共控制了大约五百九十万平方公里的土地,是西方古代史上最大的国家。

从公元476年西罗马帝国灭亡到1640年英国资产阶级革命爆发这一时期,称为中世纪史,也叫中古史,封建制度的形成、发展和解体是这一时期欧洲历史的主线。但是世界各国封建社会的发展是不平衡的,当西欧在5世纪刚刚进入封建社会的时候,中国已经走完了约一千年封建社会的历程。1640年的英国资产阶级革命,是世界近代史的开端,从这时候开始,进入了资本主义产生和发展,并逐步形成世界体系的历史。人类历史也自原始、孤立、分散的人群发展为全世界密切联系的整体。

纵观整个世界历史,大大小小的事件浩如烟海,脉络繁复庞杂,短时间内厘清头绪、全面掌握显然是一件困难的事情。但我们没有必要望而生畏、止步不前,不妨从简单的小故事入手,由简入繁,由浅入深,在轻松愉快的阅读中学习知识,培养对历史的兴趣。

人类是很善于讲故事的生物,人类讲故事的历史,比文字的历史更为久远。在尚无文字来记载历史之前,后人依据的就是先辈口述的史料。无数生动的历史事件被编成故事,口耳相传。如果没有"讲故事",过去许多生动的历史早就幻作烟云。更多的人在青少年时期,不是通过典籍,而是从长辈的讲述中初涉历史的。

一般意义上的"故事"是可以虚构的,然而历史故事必须首先尊重历史事实。也就是说,真实性是第一位的,故事性是第二位的。有价值的历史故事,绝不能以牺牲真实性为代价去片面追求故事性。在保证真实性的同时,要最大可能地做到兼备故事性与情节性,否则,无数鲜活的历史就会像化石和标本一样缺乏生气。

由于篇幅的限制,我们不可能将所有的历史故事纳入本书。这里仅选取有代表性的一些篇章,尽量采用名家之作,时间跨度从古至今,以求体现出中国及世界历史的精神风貌。在中国及世界历史通俗化、大众化这方面,已经有很多专家学者做了大量卓有成效的工作,也出版了许多脍炙人口的优秀读本,受到广大读者的欢迎和肯定。我们参考前人的著作,选编了这本精选集,奉献给读者,希望能有所裨益。

人民文学出版社编辑部

大禹治水

尧在位的时候,黄河流域发生了很严重的水灾,庄稼被淹了,房子被毁了,老百姓只好往高处搬。不少地方还冒出了毒蛇猛兽,伤害人和牲口,人们的日子痛苦不堪。

尧召开部落联盟会议,商量治水的问题。他征求四方部落首领的意见:派谁去治理洪水呢?首领们都推荐鲧(音 gǔn)。

尧对鲧不大信任。首领们说:"现在没有比鲧更合适的人啦,你试一下吧!"尧才勉强同意。

鲧花了九年时间治水,没有把洪水制伏。因为他只懂得水来土掩、造堤筑坝,结果洪水冲塌了堤坝,水灾反而闹得更凶了。

舜接替尧当部落联盟首领以后,亲自到治水的地方去考察。他发现鲧办事不力,就把鲧杀了,又让鲧的儿子禹去治水。

禹跟他父亲的做法不同,他用开渠排水、疏通河道的办法,把洪水引到大海中去。他和老百姓一起劳动,戴着箬帽,拿着铁锹,带头挖土、挑土,累得磨光了小腿上的汗毛。

经过十三年的努力,大家终于把洪水引到了大海里,地面上又可以种庄稼了。

禹那时新婚不久,为了治水,到处奔波,多次经过自己的家门,都没有进去。他的妻子涂山氏生下了儿子启,有一次,儿子在家中哇哇地哭,禹在门外经过,听见哭声,也狠下心没进去探望。

当时,黄河中游有一座大山,叫龙门山(今山西河津市西北),它堵塞了河水的去路,把河道挤得十分狭窄。奔腾东下的河水受到龙门山的阻挡,常常溢出河道,闹起水灾来。禹到了那里,观察好地形,带领人们开凿龙门,把这座大山凿开了一个大口子。这样,河水就畅通无阻了。

后代的人都称颂禹治水的功绩,尊称他为大禹。

舜年老以后,也像尧一样,物色继承人。因为禹治水有功,大家都推选禹。舜一死,禹就继任为部落联盟首领。

这时候,已到了氏族公社后期。生产力发展了,一个人生产的东西,除了维持自己的生活,还有了剩余。氏族、部落的首领们利用自己的地位,把剩余产品占为己有,变成自己的私人财产,他们成了氏族的贵族。为了争夺集体的剩余产品,部落和部落之间常发生战争,捉住的俘虏,不再被杀掉,而是变成了奴隶,为贵族劳动。这样,就渐渐形成奴隶和奴隶主两个阶级,氏族公社开始瓦解。

禹由于在治水中的功绩,提高了部落联盟首领的威信和权力。传说他年老的时候,曾经到东方视察,并且在会稽山(今浙江绍兴一带)召集了许多部落的首领前来。去朝见禹的人手里都拿着玉帛,仪式十分隆重。有一个叫作防风氏的部落首领,到会最晚。禹认为这是故意怠慢,就把防风氏斩了。这说明,那时候的禹已经从部落联盟首领变成名副其实的国王了。

禹有个名叫皋陶（音 gāo yáo）的助手，帮助禹治理政事。皋陶死后，皋陶的儿子伯益接着在禹的身边帮他做事。按照禅让制度的规定，本来应该让伯益做禹的继承人的。但是，禹死以后，禹所在的夏部落的贵族却拥戴禹的儿子启继承了禹的位子。

这样一来，氏族公社时期的部落联盟的禅让制度正式被废除，变成王位世袭的制度。我国历史上第一个奴隶制王朝——夏朝出现了。

商汤灭夏

夏启继承了父亲禹的位置,看似天下太平,但真正的纷争才刚刚开始……

禹在世的时候,皋陶、伯益父子一直辅佐在禹的身边。在禹治水期间,伯益也立下了赫赫功劳。按照禅让制的规定,禹退位后,伯益应该是名副其实的继承人。但是禹却在私底下培植儿子启的势力,想在自己死后,将拥有的诸多特权传给自己的儿子。

禹去世后,部落联盟开始推选新的首领,伯益当然是大家推举的重点对象。按照惯例,伯益模仿当年舜和禹的做法,在启的面前表现出谦让,假意让位。谁料想启顺水推舟、毫不客气,就这样接受了首领的位置,继承了父亲的特权。历史上的"禅让制"就这样被废除,取而代之的是"世袭制"。

伯益当然很生气,于是召集了一队人马前来攻打启。启早有准备,一切迎战的措施都早已布置好了,所以轻易地击退了伯益的人马。其他反对启打破"禅让制"的人,也统统都被他镇压下去,各个部落的首领因此先后臣服在启的脚下。启在成为部落联盟首领之后,不仅继续巩固了自己的统治,还不断扩大国家的领地,成为一代名副其实的君主,建立了中国历史上第一个王朝——夏朝。中国从此进入了奴隶制社会。

夏启在位期间,将国家分为"九州","九州"分别由"九牧"管理。"九牧"都是他亲自指定和委派的亲信。另外,为了便于管理国家,他还设置了各种机构,并且建立了军队,开始征收赋税。

启之后由他的儿子太康按照世袭制继承了王位。但太康不像自己的父亲那样一心治理国家,而是沉迷于享乐,喜欢打猎,不理国事。就在这时发生了"太康失国"事件。东夷的首领后羿夺走了太康的王位。太康死后,弟弟仲康当了傀儡,几十年后仲康的孙子少康联合忠于夏朝的势力,终于将王位夺回,这就是历史上的"少康中兴"。

公元前16世纪,夏朝的统治已延续了四百多年。这时它遇上了最后一个君主——桀。他的残忍暴虐、荒淫奢侈令人发指,百姓困苦不堪。与此同时,黄河下游有一个叫作商的部落渐渐强大起来,它的首领叫作汤。

汤是一个非常能干的人,品行也得到百姓的称赞。他招募来贤能的伊尹,认为他是个难得的人才,于是推荐给了夏桀。谁知夏桀根本不理会汤的良苦用心,依旧无心国事,听信奸臣的谗言,驱逐贤才。伊尹因此又回到了商汤的身边,成为他的助手。

商汤不忍天下百姓受尽欺压,于是下决心推翻夏朝的统治。商汤首先灭掉了葛部落,继而灭掉了夏的联盟韦、顾、昆吾等部落。商汤就这样一点点瓦解夏的势力。但商汤并没有大张旗鼓、轻举妄动,他听从了伊尹的建议,表面上还暂时臣服于夏。

后来,九夷中的一些部落也对夏桀的暴政忍无可忍,计划着叛变。商汤见时机已到,便借上天的旨意动员大家发动进攻。士兵们早受够了夏的压迫,压抑的愤怒一下全都爆发了出来,作战都十分英勇。夏桀的部队抵挡不住,很快就败下阵来。桀一路逃往南方,最后被流放到南巢。

　　公元前1600年,夏朝就此画上了句号,商朝由此掀开了中国历史新的一页。

盘庚迁都

现代人在河南安阳小屯村一带发现了商朝的遗址,在其中发掘出很多具有历史意义和研究价值的物品,包括青铜器、农作物的种子以及家畜的遗骸等。其中最重要的发现是"甲骨文"。甲骨文是商朝的文化产物,这是迄今为止发现的中国最早的文字。在当时,这个地方叫作"殷",是商朝的国都,但这并不是商朝唯一的国都。

当商汤推翻了夏朝的统治之后,将国都定在了亳(音 bó),也就是今天河南商丘一带,给自己的王朝起名为"商"。良臣伊尹自然忠心地辅佐在汤的身边,在汤之后他又继续辅佐了四代君王。他的贤明能干帮助商朝一步步发展强大起来。

但是就在伊尹死后,商朝进入了一段低迷期。第六代君王太庚沉迷于享乐,不理朝政。之后的几朝君王也都被时下的太平迷惑了头脑,不思进取。商朝就这样开始日渐衰落了。当时,贵族和王室上层之间也纷争不断,除了争权夺利外,也有人开始垂涎王位,因此内乱不止。君王们为了稳固自己的统治地位,不得不采用了迁都的办法。这样做一方面可以把对自己忠诚的臣子和亲信带走,另一方面还可以借此摆脱对自己王位有威胁的势力。

在一代代君王的带领下,从商王仲丁开始,商朝经过了多次迁都。按照今天的地名,商朝的都城从最初的河南商丘迁到了河南荥阳,而后又迁到河南内黄;接着商又辗转将都城定在了山东定陶,最后又迁往山东曲阜。

就这样,商朝的君王到了第二十代——盘庚。虽然这时的都城奄已相当繁华,城市中的人口也在增多,可是这里的地势很低,一遇到下雨天城池就会被水淹没,从而与外界的交通中断,很不方便。因此,盘庚也有了迁都的想法。

可是盘庚的想法一出,立即遭到了很多上层贵族的反对。他们又说要维护祖宗的宗庙,又说迁都不吉利,甚至还有人煽动百姓闹事。其实,盘庚这次迁都的目的与其他先王的目的并不完全一样,他希望能够借此整顿朝政,复兴商朝昔日的辉煌。迁都不仅可以避免水患,还可以摆脱老臣和王公贵族的束缚,能够大展拳脚,施展自己的治国方略。同时,上层贵族中的奢靡之风,也可以借此机会加以整治。

对于新都城的选择,经过慎重考虑,他最后选定了北蒙。北蒙位于商朝疆域的中部,这里地势险要,北有太行山作屏障,左临孟门关,右有漳水和滏水环绕,前面还有一条大河可供航行,是统领天下、号令群雄的理想之地。

面对来自外界的种种阻挠,盘庚并没有动摇迁都的决心,他很快发布了迁都令。为了扫除面前的阻碍,他特意昭告天下:我已经请巫师占卜过多次了,迁都是顺应天意的行为,也有利于国家的安定和百姓的幸福。我决心已下,谁要是再敢出来反对,我就要狠狠地惩罚他！此语一出,再没有人敢站出来说反对的话了。

于是,在盘庚的坚持下,公元前14世纪,商朝第六次迁都。这次迁都,将商朝划分为商、殷两个时期。正如盘庚所想,到了新的都城北蒙,商朝的政治、经济都出现了一派新气象。

所以,今天出土的很多商代的文物都来自于河南安阳,这里就是当时的北蒙。由这些出土物品也可以看出,盘庚迁都后商朝进入了一个繁盛时期。

烽火戏诸侯

周宣王到了晚年,开始沉湎于酒色,疏于治理朝政。他还滥杀无辜,粗暴干涉诸侯的内部事务,大失人心,最终被仇家扮鬼射杀。

宣王死后,他的儿子宫湼即位,即周幽王。幽王更是一个无道的昏君,他整日花天酒地、荒淫无度,常常好几个月不理朝政。大臣褒珦(音 xiàng)见天子如此荒唐昏庸,便苦苦劝告。幽王非但不听,反而将褒珦监禁起来。褒珦在监狱里一关就是三年,受尽了折磨。为了将褒珦救出来,褒家人绞尽脑汁,想尽了一切办法。听说幽王正在四处搜罗美女,于是就去乡下买了个貌若天仙的姑娘,教会她唱歌跳舞,然后给她穿上华丽的衣裳装扮起来,取名褒姒(音 bāo sì),献给幽王以替褒珦赎罪。

幽王见了相貌出众的褒姒,顿时心花怒放,当即就释放了褒珦。从此以后,幽王独宠褒姒,对她百依百顺。但原本就少言寡语的褒姒自从进宫后,日夜思念家乡、亲人,整日闷闷不乐,从没露过笑脸。幽王为讨得褒姒的欢心,送给她许多奇珍异宝,想方设法,花样百出,就差上天摘星捉月了,可褒姒就是笑不出来。

幽王无奈,下令昭示宫廷内外:谁能博得娘娘一笑,赏黄金千两。

周王朝为了防备西方犬戎的进攻,在骊山一带建造了二十多座烽火台,每隔几里建一座。一旦犬戎来攻,把守第一道关的兵士就把烽火燃起来,第二道关上的兵士发现烽火,也随即点起烽火,这样一个传一个,附近的诸侯见了烽火,就会发兵来救援。周王朝中精于钻营、擅拍马屁的虢(音 guó)石父,为了讨好周幽王,替幽王出了个鬼主意。他对周幽王说:"当今天下太平,我们的烽火台很久没有使用了,我想请大王和娘娘上骊山玩几天。晚上我们把烽火点起来,让附近的诸侯都赶来,娘娘发现这么多人上了当、扑了空,白忙活一回,肯定会觉得好玩,这一定能逗得她发笑。"周幽王觉得这个主意挺有趣,高兴地说:"好极了,你们就去分头准备吧。"

周幽王带着褒姒和随从上了骊山,登上烽火台,命令兵士点燃烽火,顿时狼烟四起。诸侯们一见警报,以为犬戎来犯,急急忙忙率领兵马前来救驾。谁知赶到骊山脚下,连一个犬戎人的影儿都没见到,只听到山上笙箫齐鸣。大家都感到莫名其妙,这时幽王派人来说:"辛苦大家了,这是大王和王妃点火玩儿呢,你们可以回去了。"诸侯们这才知道上了当,一个个怒气冲天,满腹怨气地回去了。

褒姒不知道这是在搞什么,她看见山脚下急匆匆来了好几路兵马,不大一会儿又乱哄哄地走了,就问幽王这是怎么回事。幽王一五一十地告诉了她,褒姒觉得很可笑,禁不住轻轻一笑说:"亏你们想得出来这玩意儿。"幽王见褒姒终于绽开了笑脸,非常高兴,当即赏给了虢石父一千两黄金。

幽王宠着褒姒,为进一步讨她欢心,没过多久就把申王后和太子宜臼都废了，另立褒姒为王后，褒姒生的儿子伯服为太子。申王后的父亲申侯闻讯后火冒三丈，感到自己的地位岌岌可危，于是就联合犬戎向镐京进攻。

幽王一听犬戎来攻，急忙派虢石父去骊山点烽火。烽火点着了，可各路诸侯因为上次上了当，以为幽王又在胡闹，因而全都按兵不动。烟火再浓，战鼓再响，也不见援兵的踪影。

在内无精兵、外无援军的情况下，镐京很快就被攻破，幽王及太子伯服在逃跑途中被杀，千金一笑的褒姒也被犬戎掳掠而去。这时各路诸侯才明白犬戎真的攻打了镐京，赶紧联合起来前来勤王。犬戎的首领一看联军来了，就命手下把镐京洗劫一空，放了一把火后退走了。

诸侯们赶走了犬戎，便拥立原太子宜臼为王，即周平王。平王看到破败的镐京，想到常来袭扰的犬戎，便于公元前770年迁都洛邑，建立了东周。

在宠妃的展颜一笑中，在失信的烽火台下，在一场堪称旷世奇闻的闹剧后，曾经辉煌的西周画上了休止符。

管鲍之交

将昔日的仇人留在自己身边,并且帮助自己处理国家大事,这样的君王该拥有怎样的胸怀和气度!春秋初期齐国的齐桓公就是这样,他的得力助手管仲就曾与他有过一箭之仇,但是他们却相互合作,共同成就了齐国的霸业。这其中有个关键人物鲍叔牙。

管仲和鲍叔牙是非常要好的朋友。他们从小一起长大,后来又一起合伙做生意。管仲由于家境贫寒,所以出的本钱很少,但赚钱后却拿得多。有人替鲍叔牙打抱不平,鲍叔牙却说:"他多拿钱是为了解决家里的困难,我乐意。"像这样的事情还有很多,每当听到别人说管仲的不是,鲍叔牙总是替他辩解,就连管仲自己都说:"生我的是父母,了解我的是鲍叔牙。"

在齐桓公之前,齐国的国君是齐襄王。齐襄王荒唐残暴,把自己的两个兄弟——公子纠和公子小白都逼得远走他乡。公子纠跑到了鲁国,后来就拜管仲为师;公子小白,也就是后来的齐桓公,跑到了莒国,他的师傅就是鲍叔牙。公元前686年,齐襄公被人杀死,齐国的使者请公子纠回去做国君,鲁国亲自派兵护送。管仲深思熟虑,担心被公子小白抢了先,所以同公子纠即刻出发。途中得知,公子小白果然走在了他们的前面。他连追了三十里地,一见到公子小白,就用箭将他射死了。

其实,管仲的一箭并没能取小白的性命,机智的小白只是在装死,事后便抄小道抢先回到了都城临淄。可是,公子纠的年龄比公子小白大,大臣们都觉得让公子纠来继承王位更合适。鲍叔牙施展三寸不烂之舌,最终把大臣们一一说服,公子小白于是登上王位,称齐桓公。齐桓公让鲍叔牙做自己的最高助手,鲍叔牙推辞,却向他推荐了管仲。

再说公子纠,当他到达齐国境内的时候,齐桓公听从鲍叔牙的建议,派兵一举将鲁国的军队击退。无奈之下,鲁庄公只好把公子纠和管仲带回了鲁国,可齐国的追兵不依不饶,一直打到鲁国的家门口来了。鲁庄公随后逼死了公子纠,囚禁了管仲。鲍叔牙派出使者到鲁国,告诉鲁庄公,管仲与齐桓公有过一箭之仇,齐桓公要亲手处置他。于是,管仲才活着回到了齐国。他自己心里清楚,这一切全都归功于鲍叔牙。

这时,鲍叔牙开始极力向齐桓公推荐管仲。齐桓公想到自己受的那一箭,说:"他差点要了我的命,你还要我重用他?"鲍叔牙说:"那时他是公子纠的师傅,帮着公子纠是理所应当。他的本领可比我强多了!"最终齐桓公接受了鲍叔牙的建议,拜管仲为相,鲍叔牙做了管仲的助手。

从此以后,管仲尽心效忠于齐桓公,齐国的国力迅速增强。不久,齐国就成为春秋第一霸,管仲被尊称为仲父。管鲍间的这段情谊,也成为历史上的一段佳话。

流亡公子重耳

公子重耳是晋献公的儿子。晋献公老年的时候，宠爱一个妃子骊姬，想把骊姬生的小儿子奚齐立为太子，就把原来的太子申生杀了。太子一死，晋献公另外两个儿子重耳和夷吾都感到了危险，就逃到别的诸侯国去避难了。

晋献公死后，晋国发生了内乱。后来夷吾回国夺取了君位，也想除掉重耳，重耳不得不到处逃难。重耳在晋国算是一个有声望的公子，因此一批有才能的大臣愿意跟随着他。

重耳先在狄国住了十二年，因为发现有人试图行刺他，便随后逃到卫国。卫国看他是个倒运的公子，不肯接纳他。他们只得一路走去。走到五鹿（今河南濮阳东南）这个地方时，大家实在饿得厉害，瞧见几个庄稼人在田边吃饭，重耳看得更加口馋，就叫人向他们讨点吃的。

庄稼人懒得理他们，其中有一个人跟他们开了个玩笑，拿起一块泥巴给他们。重耳火冒三丈，他手下的人想动手揍人时，随从中有个叫狐偃（音yǎn）的连忙拦住，接过泥巴，安慰重耳说："泥巴就是土地，百姓给我们送土地来啦，这不是一个好兆头吗?"

重耳也只好趁此下台阶,苦笑着继续向前走。

重耳一班人流亡到了齐国。齐桓公待他挺客气,送给重耳车马和房子,还把本族一个姑娘嫁给了重耳。重耳觉得留在齐国挺不错,可是跟随的人都想回到晋国。

随从们背着重耳,聚集在桑树林里商量回国的事。没想到桑树林里有一个女奴在采桑叶,把他们的话偷听了去,告诉了重耳的妻子姜氏。姜氏对重耳说:"听说你们想回晋国去,这很好哇!"

重耳赶快辩白,说:"没有那回事。"

姜氏一再劝他回国,说:"您在这儿贪图享乐,是没有出息的行为。"可重耳打心里不愿意走。当天晚上,姜氏和重耳的随从们商量好,把重耳灌醉,把他放在车里,送出了齐国。等重耳醒来,已离开齐国很远了。

之后,重耳又来到了宋国。宋襄公正在害病,他手下的臣子对狐偃说:"宋襄公是非常器重公子的。但是我们实在没有力量发兵送他回去。"

狐偃说:"这我们明白,我们就不再打扰你们了。"

离开宋国,他们又到了楚国。楚成王把重耳当作贵宾,还用招待诸侯的礼节招待他。楚成王对重耳好,重耳也对成王十分尊敬。两个人就这样交上了朋友。

有一次,楚成王在宴请重耳的时候,开玩笑地说:"公子要是回到晋国,将来怎样报答我呢?"

重耳说:"金银财宝贵国有的是,叫我拿什么东西来报答大王的恩德呢?"

楚成王笑着说:"这么说,难道就不报答了吗?"

重耳说:"要是托大王的福,我能够回到晋国,我愿意跟贵国交好,让两国的百姓过太平的日子。万一两国发生战争,在两军相遇的时候,我一定退避三舍(古时候行军,每三十里叫作一'舍','退避三舍'就是自动撤退九十里的意思)。"

楚成王听了并不在意,但重耳的话却惹恼了旁边的楚国大将成得臣。等宴会结束,重耳离开后,成得臣对楚成王说:"重耳说话没有分寸,将来准是个忘恩负义的家伙。不如趁早杀了他,免得以后有麻烦。"

楚成王认为重耳是个有德之人,不同意成得臣杀他,正好秦穆公派人来接重耳,他就把重耳送到秦国(都城雍,在今陕西凤翔东南)去了。

原来就是秦穆公曾经帮助重耳的异母兄弟夷吾当了晋国国君。没想到夷吾做了晋国国君以后,反倒跟秦国作对,还发动了战争。夷吾一死,他的儿子继位后又同秦国不和。秦穆公这才决定帮助重耳回国。

公元前636年,秦国护送重耳的大军过了黄河,流亡了十九年的重耳回国即位。这就是晋文公。

晏子使楚

齐国派使臣出使楚国，当时的楚国盛极一时，根本不把这个其貌不扬的小小使臣放在眼里。但是，楚灵王与这个使臣经过三个回合的智斗后，却不得不对他刮目相看……

楚灵王时期，楚国先后派兵攻打了陈国和蔡国。当时，晋国的国力已不比从前，陈、蔡两国前去求救，都被晋平公回绝了。齐国想看看楚国到底有多大实力，于是派出使者晏婴（历史上人们习惯将他称作晏子）前往楚国。晏婴深知，这次的出使对齐国来说非常重要。一方面，他个人代表了整个齐国，不可以在楚国丢了齐国人的脸；另一方面，此行的目的是一探楚国的实力，必须仔细观察分析才行。

楚国的国君听说齐国的使臣到来，特意提前做了准备，想借机侮辱他一番，以显示自己的威风。

晏子来到楚国城外，被守卫的人挡住了。他们没有给晏子打开城门，却指了指城门旁边的一个小门，让晏子从那里进城。晏子的身材矮小，楚灵王这一计就是在嘲笑他的个子低矮。晏子的脸上并没有表现出为难的样子，反而很从容地说："呵呵，这哪是城门？这分明是个狗洞啊！要是我出使的是'狗国',那我就得钻狗洞；要是我出使的是'人国'呢,就该让我从城门进。劳烦你们进去先问一问,楚国到底是个什么样的国家？"

很快,晏子的话就传到了楚灵王的耳朵里。楚灵王没料到这个使臣竟然这么厉害,这番话说得楚灵王只好派人去打开了城门。

一计不成,又生一计。楚灵王一见到晏子,就开始冷嘲热讽起来:"难道齐国没有人了吗？"晏子回答:"齐国的临淄城内挤满了人。人们把袖子举起来,就可以把天遮住；每个人甩一把汗,城里就好像下了一场雨一样。大王怎么会说齐国没有人呢？"

楚灵王笑了笑,说:"那怎么把你给打发来了？"这话明显是讽刺晏子其貌不扬,看不起他。可晏子将计就计,说:"大王啊,那我可就实话实说了。我们国家有这样一个规矩:出使君主贤德的国家,我们就派出优秀的人才；出使君主平庸的国家,我们就派下等人。正如大王所言,举国上下就我最差劲,所以就被派到这里来了。"楚灵王听后无言以对,只好尴尬地笑起来。

吃饭的时候,楚灵王事先安排武士绑着一个小偷从堂下经过,说这个小偷是齐国人。楚灵王借机说:"齐国人怎么做这种事呀？"他以为这样晏子就无言以对了。谁知晏子微微一笑,说:"大王,这就好像淮南的柑橘移植到淮北就成了难吃的枳,水土不服啊。齐国人在齐国能够过得很好,到了楚国就开始偷东西了,难道是楚国的水土使百姓擅长偷东西的吗？"

孔子周游列国

吴王阖闾(音 hé lǘ)在伍子胥、孙武等人的帮助下,大败楚国,使这个小国名声大振,连中原一些大国都感到了威胁,首当其冲的就是齐国。齐国自从齐桓公死后,国内一直很不安定。直到齐景公当了国君,任用了有才能的大臣晏婴为相,振兴朝政,齐国才又开始兴盛起来。

公元前500年,齐景公和晏婴想拉拢邻国鲁国和中原诸侯,重振齐桓公当年的霸业,就写信给鲁定公,约他在齐鲁交界的夹谷地方碰面商谈。

那时候诸侯开会,都得有个大臣当助手,称作"相礼"。鲁定公决定让鲁国的司寇(管司法的长官)孔子担任这个职务。

孔子名叫孔丘,是鲁国陬邑(今山东曲阜东南,"陬"音 zōu)人。他的父亲是个地位不高的武官。孔子三岁时父亲死了,母亲带他搬到曲阜,将他抚养成人。据说他从小很爱学礼节,没事儿就摆上小盆小盘什么的,学着大人的样子祭天祭祖。

孔子年轻的时候读书很用功,他十分崇拜周朝初年那位制礼作乐的周公，所以对古礼特别熟悉。当时读书人所学的"六艺"，也就是礼节、音乐、射箭、驾车、书写、计算，他样样精通。他办事严谨、认真，早期他当过管理仓库的小吏，物资从来没有缺少过；后来又当管理牧业的小吏，牛羊就繁殖得很多。不到三十岁，他的名声就渐渐大了起来。

有些人前来拜他做老师，他就索性办了个私塾，收起学生来。鲁国的大夫孟僖（音 xī）子临死时，嘱咐他的两个儿子孟懿子和南宫敬叔到孔子那儿去学礼。就因为南宫敬叔的推荐，鲁昭公还让孔子到周朝的都城洛邑去考察周朝的礼乐。

孔子三十五岁那年，鲁昭公被鲁国掌权的三家贵族大夫——季孙氏、孟孙氏、叔孙氏联手赶走了。孔子就到齐国去，求见齐景公，跟齐景公谈了他的政治主张。齐景公待他很客气，想重用他。但是齐相晏婴认为孔子的主张不切实际，结果齐景公就没有留用他。孔子重回鲁国，继续收弟子教书。随着学问的长进，跟随孔子学习的学生越来越多了。

到了公元前501年，鲁定公派孔子做中都（今山东汶上县）宰，第二年，任命他做了司空（管理工程的长官），接着又将他从司空调做了司寇。

这一回，鲁定公把准备到夹谷跟齐国会盟的事告诉了孔子。孔子说："齐国屡次侵犯我边境，这次约我们会盟，我们也得有兵马防备着。希望把左右司马都带去。"

鲁定公同意了孔子的主张，又带了两员大将和若干人马，一同随他到夹谷去。

在夹谷会议上，由于孔子的相礼，鲁国取得了外交上的胜利。会后，齐景公决定把从鲁国侵占来的汶阳（今山东泰安西南)地方的三处土地还给鲁国。

齐国的大夫黎鉏(音 chú)认为孔子留在鲁国做官对齐国不利,要想法子把孔子从鲁国赶走。他建议齐景公给鲁定公送一班女乐去。齐景公同意了,挑选了八十名歌女送到鲁国去。

鲁定公接受了这班女乐后,天天吃喝玩乐,不管国家政事。孔子想劝他,他就躲着孔子。这件事使孔子感到很失望。孔子的学生说:"鲁君不办正事,咱们走吧!"

打那以后,孔子就离开了鲁国,带着一批学生周游列国,希望找个机会实行他的政治主张。可是那个时候,大国都忙于争霸的战争,小国都面临着被吞并的危险,整个社会正在发生变革。孔子宣传的那一套恢复周朝初年礼乐制度的主张,当然没有君主接受。

他先后到过卫国、曹国、宋国、郑国、陈国、蔡国、楚国。这些国家的国君都不愿任用他。

有一回,孔子到了陈、蔡一带,楚昭王派人前来邀请他。陈、蔡的大夫怕孔子到了楚国对他们不利,发兵在半路上把孔子截住。孔子被围困在那里,断了粮,几天都没吃上饭。后来,楚国派了兵来,才替他解了围。

孔子在列国间奔波了七八年,四处碰壁,慢慢地年纪也大了。末了,他还是回到鲁国,把精力放到整理古代文化典籍和教育学生上面。

孔子在晚年整理了几种重要的古代文化典籍,如《诗经》《尚书》《春秋》等。《诗经》是我国最早的一部诗歌总集,共收集西周、春秋时期的诗歌三百零五篇,其中有不少是反映古代社会生活的民间歌谣,它在我国文学史上占有很重要的地位。

《尚书》是一部我国上古历史文献的汇编。《春秋》是根据鲁国史料编成的一部历史书,它记载着公元前722年到公元前481年间发生的大事。

公元前479年,孔子去世。他死后,他的弟子继续传授他的学说,形成了儒家学派,孔子是儒家学派的创始人。孔子的学术思想对后世影响很大,他被公认为我国古代第一位大思想家、大教育家。

勾践卧薪尝胆

吴王阖闾打败楚国,成了南方霸主。吴国跟附近的越国(都城在今浙江绍兴)素来不和。公元前496年,越国国王勾践即位。吴王趁越国在办丧事的时候,发兵攻打越国,吴越两国在槜李(今浙江嘉兴西南,"槜"音zuì)这个地方,发生了一场大战。

吴王阖闾以为可以轻松打赢,没想到吃了败仗,自己又中箭受了重伤,再加上上了年纪,回到吴国后就咽了气。

吴王阖闾死后,他的儿子夫差即位。阖闾临死时对夫差说:"不要忘记找越国报仇。"

夫差为了记住这个嘱咐,叫人时常提醒他。他经过宫门时,手下的人就扯开了嗓子喊:"夫差!你忘了越王杀你父亲的仇了吗?"

夫差流着眼泪说:"不,不敢忘。"

他叫伍子胥和另一个大臣伯嚭(音pǐ)勤操练兵马,做攻打越国的准备。

过了两年,吴王夫差亲自率领大军去攻打越国。越国有两个很能干的大夫,一个叫文种,一个叫范蠡(音lǐ)。范蠡对勾践说:"吴国练兵快三年了,这回决心报仇,来势凶猛。咱们不如守住城,不要跟他们硬拼。"

勾践不同意,偏发大军去跟吴国人拼个死活。两国的军队在太湖一带打上了。越军果然大败。

越王勾践带了五千名残兵败将逃到会稽,被吴军围困了起来。

勾践一点办法都没有了。他跟范蠡说:"后悔当初没有听你的话,弄到这步田地。现在该怎么办?"

范蠡说:"咱们赶快去求和吧。"

勾践派文种到吴王营里去求和。文种在夫差面前把勾践愿意投降的意思说了一遍。吴王夫差想同意,可是伍子胥坚决反对。

文种回去后,打听到吴国的伯嚭是个贪财好色的小人,就把一批美女和珍宝私下送给伯嚭,请伯嚭在夫差面前讲些好话。

经过伯嚭一番卖力的劝说,吴王夫差不顾伍子胥的反对,答应了越国的求和,但是要勾践亲自到吴国去。

文种回去向勾践报告了相关情况。勾践把国家大事托付给文种,便带着夫人和范蠡前往吴国。

勾践到了吴国,夫差让他们夫妇住在阖闾大坟旁边的一间石屋里,给他喂马。范蠡同样做着奴仆的工作。夫差每次坐车外出,勾践都给他拉马。这样过了两年,夫差认为勾践真心归顺于他,就放勾践回国了。

勾践回到越国后,立志报仇雪耻。他唯恐眼前的安逸消磨了自己的斗志,便在吃饭的地方挂上一个苦胆,每逢吃饭前先舔一下苦胆,尝一尝苦味,问自己一句:"你忘了会稽的耻辱了吗?"他还把席子撤去,用柴草作褥子。这就是后人传颂的"卧薪尝胆"。

　　勾践立志要让越国富强起来,他亲自参加耕种,叫他的夫人自己织布,来鼓励生产。因为越国遭到亡国的灾难,人口大大减少,他就制定出奖励生育的制度。他让文种管理国家大事,叫范蠡负责训练兵马,自己虚心听取别人的意见,救济贫苦的百姓。全国的老百姓同心协力,勤奋劳作,希望自己的国家快快变成强国,不再受欺压。

屈原沉江

楚国自从被秦国打败后,一直受秦国欺压,楚怀王想重新和齐国联合,共同对抗秦国。秦昭襄王即位后,他客气地给楚怀王写了封信,邀他到武关(今陕西丹凤县东南)相会,当面订立盟约。

楚怀王接到秦昭襄王的信后左右为难:不去呢,怕是要得罪秦国;去呢,又怕出危险。他就找大臣们商量。

大夫屈原对楚怀王说:"秦国霸道得像豺狼一样,咱们受秦国的欺负不止一次了。大王一去,准上他们的圈套。"

可是怀王的公子子兰却一个劲儿劝他去,说:"咱们把秦国当敌人,结果丢了土地,死了好多人。如今秦国愿意跟咱们和好,怎么能推辞不去呢?"

楚怀王听了公子子兰的话,就到秦国赴约去了。

果然不出屈原所料,楚怀王刚踏进秦国的武关,立刻就被秦国预先埋伏下的人马截断了后路。会见商谈时,秦昭襄王逼迫楚怀王把黔中的土地割让给秦国,楚怀王不答应,秦昭襄王就把楚怀王押到咸阳软禁起来,要楚国大臣拿土地来赎才放他。

楚国的大臣们听闻国君被押,就把太子立为新的国君,拒绝割让土地。这位新国君就是楚顷襄王,公子子兰则当了楚国的令尹(即楚国宰相,是楚国的最高官职)。

而楚怀王在秦国被关押了一年多,受尽了折磨。后来他冒险逃出咸阳,又被秦国派兵追捕了回去。他连气带病,没过多久就死在了秦国。

楚国人因为楚怀王被秦国欺负,死在外乡,心里很不平。特别是大夫屈原,更是气愤。他劝楚顷襄王搜罗人才,远离小人,鼓励将士操练兵马,为国家和怀王报仇雪耻。

可是他的这种劝告不但没有被接受,反倒招来了令尹子兰和靳尚等人的仇视。他们天天在楚顷襄王面前说屈原的坏话。

他们对楚顷襄王说:"大王没听说屈原数落您吗?他经常跟人说:大王忘了秦国的仇恨,就是不孝;大臣们不主张抵秦,就是不忠。楚国出了这种不忠不孝的君臣,哪能不亡国呢?大王,您听听这叫什么话!"

楚顷襄王听后大怒,把屈原革了职,放逐到湘南去。

屈原抱着救国救民的志向、富国强民的打算,反倒被奸臣排挤,简直气坏了。到了湘南以后,他常在汨罗江(今湖南东北部,"汨"音 mì)一带边走边吟唱着悲伤的诗歌。

附近的庄稼人知道他是一个爱国的大臣,都很同情他。有一个经常在汨罗江上打鱼的渔父,很佩服屈原的为人,但不理解他为何终日愁眉不展。

有一天,屈原在江边遇见渔父。渔父对屈原说:"您不是楚国的大夫吗?怎么会弄到这等地步呢?"

屈原说:"许多人都是肮脏的,只有我是个干净的人;许多人都喝醉了,只有我还清醒着。所以我被赶到这儿来了。"

渔父不以为然地说:"既然您觉得别人都是肮脏的,就不该自命清高;既然别人都喝醉了,那么您又何必独自清醒呢?"

屈原反驳道:"我听人说,刚洗过头的人总要把帽子弹弹,刚洗过澡的人总是喜欢掸掸衣上的灰尘。我宁愿跳进江心,埋在鱼肚子里,也不能让自己干净的身子跳到污泥里,去染得一身脏。"

由于屈原不愿与肮脏的人同流合污,不愿随波逐流地活着,他在公元前278年五月初五那天,抱着一块大石头,跳到汨罗江里自杀了。

附近的庄稼人得到了信儿,都划着小船去救屈原。可是茫茫汪洋,哪有屈原的影儿?大伙儿在汨罗江里捞了半天,没有找到屈原的尸体。

渔父很难受,他对着江面,把竹筒里的米撒下去,当作对屈原的祭奠。

到了第二年五月初五那一天,当地的百姓想起这是屈原投江一周年的日子,便又划着船,用竹筒盛了米撒到水里去祭祀他。后来,他们又把盛着米的竹筒改为粽子,划小船改为赛龙舟。这种纪念屈原的活动渐渐成为一种风俗。后来的人们把每年农历五月初五称为端午节,据说就是因纪念屈原而来的。

屈原生前写下了一批优秀的诗歌,其中最有名的是《离骚》。他在诗歌里,痛斥卖国的奸臣小人,表达了他忧国忧民的高尚情怀;他对楚国的一草一木,都寄托了无限的深情。后来人们评价屈原为我国古代一位伟大的爱国诗人。

完璧归赵

公元前283年,赵惠文王得到一块晶莹光洁、精美绝伦的玉璧——和氏璧,真是爱不释手。秦昭襄王听说后非常眼馋,便派使者带着国书来见赵惠文王,说秦王愿以十五座城池来换天下无双的宝物和氏璧。赵惠文王十分为难:秦是虎狼之邦,向来无信义,若是送去,只怕是有去无回;如若不送,又怕惹恼了秦国,惹来麻烦。苦恼中便找大臣们商量。大臣们争论了半天,也拿不出个两全其美的办法来。这时宦官缪贤向赵王推荐道:"我家的门客蔺相如有胆有识、智勇双全,可派他出使秦国。"于是赵惠文王将蔺相如召进宫,发现他谈吐不凡,很有见识,便决定派他带着和氏璧出使秦国。

秦昭襄王听说赵国使臣带着和氏璧来到秦国,便召集群臣,兴高采烈地在王宫接见蔺相如。蔺相如恭敬地献上和氏璧,秦王接过一看,只见玉璧玲珑剔透、洁白无瑕,喜得合不拢嘴。他摩挲和欣赏了好半天,又传给大臣和宫女们看,压根儿不提换城的事。蔺相如在朝堂上看出秦王毫无换城的诚意,便急中生智走上前来,对秦王说:"这块璧虽说名贵,可也有一点瑕疵不易看出，拿来让我指给大王看。"

秦王信以为真，就将和氏璧交给了蔺相如。只见蔺相如抱着玉璧，往后退了几步，靠着殿堂的一根柱子，怒气冲冲地说："大王派使臣到赵国，说是愿以十五座城池来换赵国的和氏璧，我们赵王诚心诚意派我把玉璧送来，可大王却没有交换的诚意。如今玉璧在我手里，如若大王逼迫我的话，我宁可把我的头和玉璧一起在这柱子上撞得粉碎，让你什么也得不到。"说着，他真拿着和氏璧就要往柱子上撞。秦王见他要动真格，便连忙令人拿出地图，指点十五座城池的位置。蔺相如心想：可别再上他的当，就说："赵王派我来秦国送璧之前，曾斋戒五天，举行了隆重的仪式。大王若有诚意，也应斋戒五天，举行仪式，我才敢将和氏璧奉上。"秦王无奈，只得答应照办，并送蔺相如回旅馆休息。蔺相如一回到旅馆，就连忙派随从乔装打扮，带着和氏璧抄小路赶回了赵国。

到了第五天，秦昭襄王果然举行了隆重的仪式，准备接受和氏璧，只见蔺相如空着两手，不慌不忙地走上殿来说："贵国自穆公以来，二十几位君主，从来不守信用，我怕再次受骗，对不起赵王，已派人将玉璧送回赵国了，请大王治罪吧！"秦王听后勃然大怒："你这不明明是在戏弄本王吗？"命人上来捆绑蔺相如。蔺相如面不改色地说："大王息怒，现今，秦强赵弱，大王若真想要这块和氏璧的话，不妨将那十五座城池先割给赵国，然后再派人随我去赵国取和氏璧。赵国若得了十五座城池，哪敢不把和氏璧交给秦国？"秦昭襄王听蔺相如讲得振振有词，无法反驳，只好让蔺相如回国了。秦王本来就没有以城换璧的诚意，此事也就不了了之了。

秦昭襄王一直对蔺相如完璧归赵一事耿耿于怀,一计不成,又生一计。公元前279年,他又派使者邀赵惠文王前往渑池相会。赵王知道秦王居心叵测,不敢前往,已升任大夫的蔺相如就劝赵王赴约,免得秦国小看了赵国,并表示愿意陪赵王同去,同时又请大将廉颇率重兵驻守边境,以防不测。在这次会见中,蔺相如不卑不亢,巧言相对,使赵惠文王颜面大增,而秦昭襄王却任何便宜未得。秦国本想趁赵王不在国内时攻打赵国,可又得密报,廉颇率大军严阵以待,秦王心想:"现今赵国文有蔺相如,武有廉颇,对其不可轻举妄动。"

赵惠文王平安回到赵国后,对蔺相如更加信任,并拜他为上卿,地位在廉颇之上,这引起了廉颇的强烈不满。廉颇认为:"我作为大将,亲临前线作战,攻城略地、出生入死地为赵国立下了汗马功劳,而你蔺相如,仅凭一张利嘴,就能爬到我上面来,我忍不下这口气!"于是他扬言:"我要找机会,给蔺相如一点颜色看看。"

蔺相如听到此话,从此出门绕路走,装病不上朝,以免碰到廉颇生出争端。蔺相如的随从们很不理解,认为他胆小如鼠,感到很失望,纷纷提出辞职。蔺相如一边挽留,一边心平气和地说:"你们认为廉老将军与秦王谁更厉害?"随从们异口同声地说:"当然是秦王了。"蔺相如说:"秦王那样声势逼人,我都敢在大庭广众之下斥责他,侮辱他,我怎会单单怕廉颇将军呢?"他看了一下大伙,接着说,"现今秦国不敢来侵犯咱们赵国,无非是因为我们将相两人在朝,各司其职。两虎相斗,必有一伤,如若我们两人起冲突,闹矛盾,秦国必定要钻空子侵犯我国,我现在这样做,完全是考虑到国家的利益,而不是谁怕谁的问题。"

这些话传到廉颇耳朵里,他羞愧难当,无地自容,于是便赤膊背上荆条,直奔蔺相如家向其请罪:"我是个粗人,气量狭窄,您品行高洁、宽宏大量,我实在是对不住您啊!"说着跪了下来。蔺相如连忙将其搀扶起来,说:"不敢当啊!咱们两人都是国家重臣,一起为国家出力,老将军能体谅我的苦心就足够了,怎么还来给我赔礼呢?"两人都激动地流下了眼泪,从此成了生死与共的好朋友。就这样,秦国在相当长一段时期内未敢侵犯赵国。

荆轲刺秦王

秦王嬴政重用军事家尉缭，一心想统一中原，因此不断向各国进攻。他破坏了燕国和赵国的联盟，使燕国丢了好几座城。

燕国的太子丹原来留在秦国当人质，他见秦王嬴政立志兼并列国，又夺去了燕国的土地，就偷偷地逃回燕国。他恨透了秦国，一心要替燕国报仇。但他既不操练兵马，也不打算联络诸侯共同抗秦，却把燕国的命运寄托在刺客身上。他把家产全拿出来，找寻能刺杀秦王嬴政的人。

后来，太子丹物色到了一个很有本领的勇士，名叫荆轲。他把荆轲收在门下奉为上宾，把自己的车马给荆轲坐，自己的饭食、衣物同荆轲一起享用。荆轲心里很感激太子丹。

公元前230年，秦国灭了韩国。过了两年，秦国大将王翦（音 jiǎn）占领了赵国都城邯郸，一直向北进军，逼近了燕国。

燕国太子丹十分焦急，就去找荆轲。太子丹说："靠兵力去对付秦国，简直像拿鸡蛋去砸石头；要联合各国合纵抗秦，看来也办不到了。我想派一位勇士，打扮成使者去见秦王，挨近秦王身边，逼他退还诸侯的土地。秦王要是答应了最好，要是不答应,就把他刺死。您看行不行?"

荆轲说:"行是行,但要挨近秦王身边,必定得先让他相信我们是向他求和去的。听说秦王早就想得到燕国最肥沃的土地督亢(在河北涿州、高碑店、固安一带),还有秦国将军樊於(音wū)期,他现在流亡在燕国,秦王正在悬赏通缉他。要是我能拿着樊将军的人头和督亢的地图去献给秦王,他一定会接见我。这样,我就可以对付他了。"

太子丹感到为难,说:"督亢的地图好办;樊将军受秦国迫害来投奔我,我怎么忍心伤害他呢?"

荆轲知道太子丹心里不忍,就私下去找樊於期,跟樊於期说:"我有一个主意,能帮助燕国解除祸患,还能替将军报仇,可就是说不出口。"

樊於期连忙说:"什么主意?你快说吧!"

荆轲说:"我决定去行刺,就是担心见不到秦王的面。现在秦王正在悬赏通缉你,如果我能够带着你的头颅去,他准肯接见我。"

樊於期说:"好,你就拿去吧!"说着,拔出宝剑,抹脖子自杀了。

太子丹事前准备了一把锋利的匕首,叫工匠用毒药煮炼过。无论谁只要被这把匕首刺出一滴血,就会立刻气绝身亡。他把这把匕首送给荆轲,作为行刺的武器,还派了个年仅十三岁的勇士秦舞阳,做荆轲的副手。

公元前227年,荆轲从燕国出发到咸阳去。太子丹和几个宾客白衣白帽,到易水(今河北易县)边送别。临行的时候,荆轲给大家唱了一首歌:

风萧萧兮易水寒,

壮士一去兮不复还。

大家听了他悲壮的歌声,都伤心地流下了眼泪。荆轲带着秦舞阳跳上车,头也不回地走了。

荆轲到了咸阳,秦王嬴政一听燕国派使者把樊於期的头颅和督亢的地图送来了,十分高兴,就下令在咸阳宫接见荆轲。

朝见的仪式开始了。荆轲捧着装了樊於期头颅的盒子,秦舞阳捧着督亢的地图,一步步走上秦国朝堂的台阶。

秦舞阳一见秦国朝堂那威严的样子,不由得害怕得发起抖来。

秦王嬴政左右的侍卫一见,吆喝了一声,说:"使者干吗变了脸色?"

荆轲回头一瞧,果然见秦舞阳的脸又青又白,就赔笑对秦王说:"粗野的人,没见识过大王的威严,免不了有点害怕,请大王原谅。"

秦王嬴政心里有点疑虑,就对荆轲说:"叫秦舞阳把地图给你,你一个人上来吧。"

荆轲从秦舞阳手里接过地图,捧着木匣上去,献给秦王嬴政。秦王嬴政打开木匣,果然是樊於期的头颅。秦王嬴政又叫荆轲拿地图来。荆轲把一卷地图慢慢打开,地图全部展开时,荆轲预先卷在地图里的一把匕首露了出来。

秦王嬴政一见,惊得跳了起来。

荆轲连忙抓起匕首,左手拉住秦王嬴政的袖子,右手把匕首向秦王嬴政的胸口直刺过去。

秦王嬴政使劲向后一转身,把那只袖子挣断了。他跳过旁边的屏风,想要往外跑,荆轲拿着匕首追了上来。秦王嬴政一见跑不了了,就绕着朝堂上的大铜柱子跑。荆轲紧紧地追逼着。两个人像走马灯似的直转悠。

旁边虽然有许多官员,但是都手无寸铁;台阶下的武士,按秦国的规矩,没有秦王命令是不准上殿的。大家都急得六神无主,也没有人召台下的武士。

官员中有个服侍秦王嬴政的医生,急中生智,拿起手里的药袋对准荆轲扔了过去。荆轲用手一挡,那只药袋就飞到一边去了。

就在这一眨眼的工夫,秦王嬴政抽了个空儿,往前一步,拔出宝剑,砍断了荆轲的左腿。

荆轲站立不住,倒在地上。他拿匕首直向秦王嬴政扔过去。秦王嬴政往右边一闪,那把匕首就从他耳边飞了过去,打在了铜柱子上,"嘣"的一声,直迸火星儿。

秦王嬴政见荆轲手里没了武器,便又上前向荆轲砍了几剑。荆轲身上受了八处剑伤,知道自己已经失败,苦笑着说:"我没有早下手,本来是想先逼你退还燕国的土地。"

这时候,侍从的武士已经蜂拥赶来,结束了荆轲的性命。台阶下的那个秦舞阳,也早就被武士们给杀了。

鸿 门 宴

项羽接受了章邯投降之后,想趁着秦国大乱,一鼓作气打到咸阳去。

大军到了新安(今河南新安),投降的秦兵们纷纷议论说:"咱们的家都在关中,现在打进关去,受难的还是咱们自己。要是打不进去,楚军把我们带到东边去,我们的一家老小也会被秦军杀光。怎么办?"

项羽的部将听到这些议论,便去向项羽报告。项羽怕管不住这么多秦国的降兵,就起了杀心,除了章邯和两个降将之外,一夜之间,竟把二十多万秦兵全部活埋在大坑里。打这以后,项羽的残暴就名声在外了。

项羽的大军到了函谷关,关上有兵把守着,不让他们进去。守关的将士说:"我们奉沛公的命令,不论哪一路军队,都不准进关。"

项羽一气之下带领将士猛攻函谷关。刘邦兵力少,不消多大工夫,项羽就打进了关。大军接着往前走,一直到了新丰、鸿门(今陕西临潼东北),才驻扎下来。

刘邦手下有个叫曹无伤的将官,想投靠项羽,就偷偷地派人到项羽那儿去告密,说:"这次沛公进入咸阳,是想在关中做王。"

项羽听了,气得直瞪着眼骂刘邦不讲信义。

项羽的谋士范增对项羽说:"刘邦这次进咸阳,不贪图钱财和美女,他的野心不小啊。如果现在不消灭他,将来必定后患无穷。"

于是项羽下决心要消灭掉刘邦的兵力。那时候,项羽的兵马四十万,驻扎在鸿门;刘邦的兵马只有十万,驻扎在灞上。双方相隔只有四十里地,兵力悬殊。刘邦的处境十分危险。

项羽的叔父项伯是张良的老朋友,张良曾经救过他的命。项伯怕仗一打起来,张良会跟着刘邦遭难,就连夜骑着快马到灞上去找张良,劝张良逃走。

张良不愿离开刘邦,就把项伯带来的消息告诉了刘邦。刘邦请张良陪同,会见项伯,再三辩白自己没有反对项羽的意思,请项伯帮忙在项羽面前说句好话。

项伯答应了,叮嘱刘邦赶紧亲自到项羽面前去赔礼。

第二天清早,刘邦带着张良、樊哙和一百多个随从,到了鸿门拜见项羽。刘邦说:"我跟将军同心协力攻打秦国,将军在河北,我在河南。我自己也没有想到能够先进了关。今天在这儿和将军相见,真是件令人高兴的事。哪知道有人在您面前挑拨,叫您生了气,这实在太糟糕了。"

项羽见刘邦低声下气地跟他解释,满肚子怒气都消了。他心无城府地说:"这都是你的部下曹无伤来说的。要不然,我也不会这样。"

当天,项羽留刘邦在军营里喝酒,还请范增、项伯、张良等人作陪。

酒席上,范增一再向项羽使眼色,并且举起他身上佩戴的玉玦(音jué,古代一种佩戴用的玉器),要项羽下决心,乘机把刘邦杀掉。可是项羽只当没看见。

范增看项羽下不了手,就找了个借口离开酒席走出营门,找到项羽的堂兄弟项庄说:"咱们大王心肠太软,你进去给他们敬个酒,瞅个机会,把刘邦杀了算了。"

于是项庄进去敬酒,说:"军营里没有什么娱乐,请让我舞剑给大家助助兴吧。"说着,就拔出剑舞起来,舞着舞着就慢慢舞到刘邦面前来了。

项伯看出项庄舞剑的用意是想杀刘邦,说:"咱们两人来对舞吧。"于是也拔剑起舞。他一面舞剑,一面用身子护住刘邦,使项庄刺不到刘邦。

张良一看形势紧急,便也向项羽告个便,离开酒席,走到营门外找樊哙。樊哙连忙上前问:"怎么样了?"

张良说:"情况十分危急,现在项庄正在舞剑,看来他们要对沛公下手了。"

樊哙跳了起来说:"要死就死在一起。"他右手提着剑,左手抱着盾牌,直往军门冲去。卫士们想拦住他,樊哙拿盾牌一顶,就把卫士撞倒在了地上。他拉开帐幕,闯了进去,气呼呼地瞪着项羽,头发直竖,眼眶睁得都要裂开了。

项羽十分吃惊,手按着剑问:"这是什么人,到这儿干吗?"

张良已经跟了进来,替他回答说:"这是替沛公驾车的樊哙。"

项羽说:"好一个壮士!"接着,就吩咐侍从赏给他一杯酒和一只猪腿。

樊哙一边喝酒,一边气愤地说:"当初,怀王跟将士们约定,谁先进关,谁就封王。现在沛公进了关,可并没有做王。他封了库房,关了宫室,把军队驻在灞上,天天等将军来。像这样劳苦功高,没受到什么赏赐,将军反倒想杀害他。这是在走秦王的老路呀,我倒替将军担心哩。"

项羽听了,无言以对,只说:"坐吧。"樊哙就挨着张良身边坐下了。

过了一会儿,刘邦起来上厕所,张良和樊哙也跟了出来。刘邦留下一些礼物,交给张良,要张良估摸他回到兵营了再进去向项羽告别。然后自己带着樊哙从小道逃回灞上去了。

刘邦走了好一会儿,张良才进去向项羽说:"沛公酒量小,刚才喝醉了酒先回去了。他叫我奉上白璧一双,献给将军;玉斗一对,送给亚父('亚父'原是项羽对范增的尊称)。"

项羽接过白璧,放在座席上。范增却非常生气,把玉斗摔在地上,拔出剑来,将其敲得粉碎,说:"唉!真是没用的小子,不值得和他共谋大事。将来夺取天下的,一定是刘邦,我们等着做俘虏就是了。"

刘邦回到军中,立刻杀掉了曹无伤。

萧何月下追韩信

有人来向汉王刘邦报告,说是他的丞相萧何出逃了。汉王很着急,想不出萧何为什么要逃走。第三天早上,萧何自己回来了。汉王问他为何要逃跑,萧何一下子愣住了,说:"我这次出去不是逃跑啊,我是去替将军追回一个人。"汉王问他追的是何人,萧何回答说:"韩信。"

萧何与韩信的相识是很偶然的。在一次交谈后,萧何觉得韩信很有才能,便开始不断地向汉王举荐。韩信出身寒门,父母在他很小的时候就去世了,日子一直过得很苦,受过很多人的欺负,还曾经受过别人的胯下之辱。长大后,他去当了兵,是项羽手下的一名小军官。他胸怀大志,在军事和谋略上很有自己的见解,但是项羽并不重视他。

刘邦从鸿门宴归来后,回到营里的第一件事就是杀了曹无伤。韩信得到消息,前来投奔汉王,萧何也向汉王推荐他。但是汉王却不肯用他,说:"这个人在项羽那里得不到重用,现在跑到我这里来了,我要是用了他,肯定会招来项羽的嘲笑。而且我们现在有周勃、灌婴、樊哙几名大将,都是一路拼杀过来的。丞相你现在让我拜韩信为大将,这些将军怎么会心服口服呢?"韩信见汉王不肯用他,天没亮就骑着马走了。萧何听了手下人的报告,赶紧骑上一匹快马追了出去。他追了整整一天,天都黑了还是不见韩信的影子。萧何就向路边过往的行人询问,终于在一条河边找到了韩信。

一见到韩信,萧何大喊了几声"韩将军",生怕韩信再次跑了。韩信见到萧何一路追来,感动得连忙跪倒,说:"丞相的情义韩信这辈子都不敢忘……"就在这时,滕公夏侯婴也赶到了。他和萧何两个人一起把韩信劝了回去。

汉王听说了这事,心里有些不高兴。自从他征战开始,跟着他的将士不知逃走多少个了,区区一个韩信,萧何偏偏要费这么大力气去把他追回来。萧何解释说:"大王请相信我,天底下的将军是很多,但像韩信这样的却只有一个呀。难道您愿意一直躲在汉中吗?要想打天下,您就得重用他!"汉王看他这样肯定,就勉强答应给韩信一个将军的职位。萧何不同意,说这样韩信还是会跑的。汉王无奈,只好把韩信封为大将。

在隆重的拜将仪式之后,汉王和韩信有了一次深入的交谈。汉王说:"丞相不止一次地向我推荐你,看来你真的有对付项羽的办法了?"韩信说:"您是要跟西楚霸王项羽争天下吗?那依您看来,您是否可以和他抗衡?"汉王想了想说:"可能不行。"韩信说:"我也是这样认为的。但是大王您知道吗,我曾在霸王的手下做事,虽说他很勇敢,但仅仅是匹夫之勇。而且他做事并不得人心,所到之处多少城池都被毁坏了。可是大王废除了秦朝的法律,让百姓摆脱了苛政,百姓都很感激您呢。现在三秦有三个将军,是霸王把他们留在那里当王的。当地的百姓都恨死这三个人了。大王您现在只需发个通告,三秦就能平定了。"

韩信真的是一个不可多得的人才,汉王这时才意识到萧何为什么一直向自己推荐韩信了。

苏武牧羊

匈奴被卫青、霍去病击退以后,逃到了漠北,安生了好一阵,也有了要与汉朝和睦相处的打算。他们把扣留在匈奴的汉朝使者都送了回来,汉朝也派出苏武送匈奴的使者回去。公元前100年,苏武带着一百多个随从出发了。到了匈奴,他们遇到了卫律。卫律原是汉朝派往匈奴的使者,却投降了匈奴,还当上了王。他的副手虞常一直看不惯他帮匈奴人做事的样子,这次看到苏武他们来了,就赶紧找到了苏武的副手张胜。他们本来就是朋友,虞常想和他联手把卫律给杀了。

可是这个消息不知怎么一下子传了出去。张胜心里发怵,赶紧向苏武坦白了这件事情。苏武一听,想到不久后就会被匈奴单于审问,这太有辱汉朝的脸面了。一气之下,他拔出刀想要自杀,幸好被身边的人拦下了。这时卫律又跑来了,劝说他们赶快向匈奴投降。苏武心中的怨愤一时无处宣泄,一刀割破了自己的脖子。所幸的是,他被人救下了,保住了一条命。张胜则被关了起来。

单于的人每天都过来探望苏武,卫律也执着地继续劝他投降。好说歹说,苏武就是不同意。卫律甚至拔出刀来恐吓他,他都没有屈服。

卫律看来硬的不行,又开始给苏武"讲道理"。他跟苏武说:"要是你投降了匈奴,单于肯定会封给你个王。到时你就有使唤不完的手下和遍地的牛羊,不比现在好吗?你要是继续这样固执,惹恼了单于,我们以后恐怕都难再见面了!"一听这话,苏武更是一肚子的火,对着卫律就骂起来:"我为什么要跟你这个背叛朝廷的人见面?我才不会像你一样投降呢。要怎么处置我随你的便!"

卫律见苏武软硬不吃,便到单于那里告了状。单于就把苏武丢进了一座地窖,不去管他,看他就不就范。没想到,几天后打开窖门一看,苏武竟然还活着,但依然不肯投降。

单于又把他送到了北海,让他在那里放养匈奴的羊群。就这样苏武开始了牧羊的生活。但是他始终没有忘记自己使臣的身份,把代表国家的使节像宝贝一样时刻带在身边。

苏武是在汉武帝时期出使匈奴的,可直到汉武帝去世,他也没能回来。公元前85年,汉昭帝的使者来到匈奴,要求匈奴放回苏武等人。这时的匈奴已无力再和汉朝抗衡,但是又不想放这些人回去,所以编了个谎话,说苏武已经死了。后来有人秘密给汉朝使臣报了信,使臣明白了底细,到单于跟前质问:"您不是说苏武已经死了吗?那么我们大王在上林苑射下了一只大雁,雁腿上绑着有苏武笔迹的丝绸,这又是怎么回事?"单于听罢,顿时慌乱了,心想难道真的是苏武的忠心感动了天地?很快,他就释放了苏武和他的随从。

回到汉朝时,苏武已经在匈奴待了十九年。出使时,他是年富力强的四十岁的壮汉,回来时却满鬓沧桑,跟随他的人也从一百多人剩下现在的几个。整个国家都被他的忠心感动了。

王昭君出塞

汉宣帝在位的时候,汉朝继续强盛了一个时期。那时候,匈奴由于贵族之间争权夺利,整体实力越来越弱,后来,匈奴五个单于分立,互相攻打不休。

其中有一个单于名叫呼韩邪,被他的哥哥郅(音 zhì)支单于打败了,死伤了不少人马。呼韩邪和大臣商量对策,决心跟汉朝和好,于是亲自带着部下来朝见汉宣帝。

呼韩邪是第一个到中原来朝见的单于,汉宣帝摆出了招待贵宾的架势,亲自到长安郊外去迎接,并为他举行了盛大的宴会。

呼韩邪单于在长安住了一个多月。他请求汉宣帝帮助他回去,汉宣帝答应了,派了两个将军带领一万名骑兵护送他到了漠南。这时候,匈奴正缺少粮食,汉朝还送给他三万四千斛(音 hú,古时候十斗为一斛)粮食。

呼韩邪单于十分感激,一心和汉朝和好。西域各国听说匈奴和汉朝和好了,也都争先恐后地同汉朝来往。

汉宣帝死后,他的儿子刘奭(音 shì)即位,就是汉元帝。几年后,匈奴的郅支单于侵犯西域各国,还杀了汉朝派去的使者。汉朝派兵打到康居,打败了郅支单于,把他给杀了。

郅支单于一死,呼韩邪单于的地位稳固了。公元前33年,呼韩邪单于再一次来到长安,请求同汉朝和亲。汉元帝同意了。

以前,汉朝和匈奴和亲,都挑个公主或者宗室的女儿。这回,汉元帝决定挑个宫女给他,他吩咐人到后宫去传话:"谁愿意到匈奴去,皇上就把她当公主看待。"

后宫的宫女都是从民间选来的,她们一进了皇宫,就像鸟儿被关进笼里一样,巴不得被放出宫去。但是听说要离开本国到千里之外的匈奴去,又都不乐意了。

有个宫女叫王嫱(音qiáng),字昭君,长得十分美丽,又很有见识。她毅然报名,自愿到匈奴去和亲。

管事的大臣正在为没人应征而焦急,听到王昭君肯去,就赶紧把她的名字上报汉元帝。汉元帝吩咐办事的大臣择个日子,让呼韩邪单于和王昭君在长安成亲。

呼韩邪单于得到了这样一个年轻美貌的妻子,高兴和感激的心情自不用说了。

呼韩邪单于和王昭君向汉元帝谢恩的时候,汉元帝是第一次见到王昭君,见她美丽又大方,心里有点舍不得,很想把她留下,可是已经晚了。

传说汉元帝回到宫内,越想越懊恼。他叫人从宫女的画像中拿出昭君的像给他看。模样虽有点像,但完全没有昭君本人那样好看。

原来宫女进宫后,一般都是见不到皇帝的,而是先由画工画了像,送到皇帝那里让皇帝挑选。有个画工名叫毛延寿,给宫女画像的时候，宫女们都得送点礼物给他，他才好好画。王昭君不愿意送礼物，所以毛延寿没有把王昭君的美貌如实画出来。

汉元帝一气之下，把毛延寿杀了。

王昭君在汉朝和匈奴官兵的护送下，离开了长安。她骑着马，冒着刺骨的寒风，千里迢迢地到了匈奴，做了呼韩邪单于的阏氏（音 yān zhī，即匈奴皇后）。日子一久，她慢慢地习惯了那里的生活，和匈奴人相处得很好。匈奴人都喜欢她，尊敬她。

王昭君远离自己的家乡，长期定居在匈奴。她劝呼韩邪单于不要去发动战争，还把中原的文化传给匈奴。打这以后，匈奴和汉朝和睦相处，有六十多年没有发生战争。

王昭君离开长安没多久，汉元帝去世。他的儿子刘骜（音 ào）即位，就是汉成帝。

三顾茅庐

刘备字玄德,涿郡人,为汉景帝之子中山靖王刘胜的后裔,家族衰落,家道贫寒。东汉末年,黄巾军起,天下大乱,刘备趁机起事,想有所作为,匡扶汉室。可是二十多年过去,他虽东冲西杀,南征北战,名声不小,世人仰慕,却一直寄人篱下。他时常感叹自己时运不佳,抱负未能施展,为此心里总是很郁闷。

官渡之战袁绍败北,原先依附于袁绍的刘备,见袁绍是一个遇大事而惜身、见小利而忘命的人,便趁机脱离了袁绍,带着亲如兄弟的关羽、张飞、赵云等人去投靠同是汉室宗亲的刘表。

刘表看到自己的同宗兄弟刘备前来投靠,便以礼相待。可刘表胸无大志、胆小怕事,唯恐刘备势力发展,便让他屯驻偏僻的新野小县。刘备在新野招兵买马,礼贤下士,遍访人才。他访察到襄阳有个名士水镜先生司马徽,就特地去拜访。司马徽问他的来意,刘备回答道:"我是特意来向先生请教天下大势的。"司马徽便向他推荐道:"卧龙、凤雏,可安天下。"

刘备急忙问道:"卧龙、凤雏是什么人?他们又在何处?"司马徽告诉他:"卧龙乃是诸葛亮,字孔明;凤雏乃是庞统,字士元。这两个奇才都在襄阳附近,皇叔(按族谱,刘备应是汉献帝的叔辈)应亲往求之,关于其他我就无能为力了。"刘备连忙向他道谢。

刘备回去以后便问徐庶:"襄阳有个卧龙先生,你可认识?"徐庶说:"哦!你说的是诸葛孔明吧,我们是挚友。"刘备急于见到诸葛先生,就对徐庶说:"既然先生与孔明这么熟,何不辛苦一趟,将其请来?"徐庶摇了摇头说:"这可不行,像这样的大贤,皇叔务必亲自登门去请,才能请得到。"

刘备便同关羽、张飞带着礼物来到隆中。刘、关、张三人来到卧龙岗下,只见几间茅屋掩映在苍松翠竹丛中,他们便在茅屋前下马,刘备亲自上前叩门,一个小童开门问道:"你们找谁?"刘备客气地说:"请告诉卧龙先生,刘备前来拜访。"

小童迟疑了一会儿说:"先生不在家,出门与朋友们远游去了。"刘备等三人听说孔明先生不在,只好失望而归。过了几天,刘备探听到孔明已归来,便又同关、张二人骑马前去拜访。时值隆冬,彤云密布,朔风凛凛,瑞雪霏霏,刘、关、张三人冒雪而行,结果孔明在前一天又约朋友出去了,他们又扑了个空。

光阴荏苒,又至新春,刘备选了一个吉日,三人又骑马来到隆中,可诸葛亮正午睡未醒,刘备就恭恭敬敬地站在草堂台阶下等候。过了一个时辰,孔明这才翻身醒来,刘备诚恳地请诸葛亮谈一下对天下大势的见解。

孔明谦逊一番后,分析道:"曹操拥兵马百万,挟天子以令诸侯,不可当面与其争锋。孙权据有江东,有长江天险,民心归附,人才济济,只能与其联合,而不可谋取他。荆州是联通九州的用武之地,将军是帝室之胄,如能在荆州站稳脚跟,再取益州,励精图治,充实国力,等待时机,大业可成,汉室可兴。"刘备听了孔明这一番分析,茅塞顿开,再三恳请诸葛亮出山,辅助他成就大业。诸葛亮见刘备这样诚恳,就答应了。从此,刘备在诸葛孔明的辅弼下,如虎添翼,按照隆中对策,成就了大业。

王羲之写字换鹅

在"王马共天下"的东晋时期,王氏是地位显赫的士族。王导、王敦家族的子弟,都当上了或大或小的官,他们大多数是庸庸碌碌的官僚,但在他们当中,出了一位我国历史上有名的书法家。他就是王羲(音 xī)之。

王羲之从小喜爱写字。据说他平时走路的时候,也随时用手指比画着练字,日子一久,连衣服都划破了。经过勤学苦练,王羲之的书法达到了很高的水平。

因为他出身士族,加上才华出众,朝廷中的公卿大臣都推荐他做官。他做过刺史,也当过右军将军(人们也称他王右军),后来又在会稽郡做官。他不爱住在繁华的京城,见会稽风景秀丽,非常喜爱,一有空就和朋友们一同游览山水。有一次,王羲之和他的朋友在会稽郡山阴的兰亭举行宴会。大家一边喝酒,一边写诗。最后由王羲之当场挥笔,写了一篇文章纪念这次宴会,这就是有名的《兰亭集序》。那幅由王羲之亲笔书写的《兰亭集序》,历来被认为是我国书法艺术的珍品,可惜真迹已经失传了。

王羲之的书法越来越有名,当时的人都把他写的字当宝贝看待。据说有一次,他到他门生家里去,门生很热情地接待他。他坐在一个新的几案旁,看到几案的面又光滑又干净,引起了他写字的兴趣,便叫门生拿笔墨来。

那个门生高兴得不得了,马上把笔墨拿来了。王羲之在几案上写了几行字,留作纪念,就回去了。

过了几天,那个门生有事出门去了。他的父亲进书房收拾,一看新几案给墨迹弄脏了,就用刀把字刮掉了。等门生回来,几案上的字迹已经不见了,门生为此懊恼了好几天。

又有一次,王羲之到一个村里去。有个老婆婆拎了一篮子六角形的竹扇在集上叫卖。那种竹扇很简陋,没有什么装饰,引不起过路人的兴趣,半天也没卖出去。老婆婆十分着急。

王羲之看到这种情形,很同情那个老婆婆,就上前跟她说:"你这竹扇上没画没字,当然卖不出去。我给你题上字,怎么样?"

老婆婆不认识王羲之,见他这样热心,半信半疑地把竹扇交给他了。

王羲之提起笔来,在每把扇面上龙飞凤舞地写了五个字,就还给老婆婆。老婆婆不识字,觉得他写得很潦草,很不高兴。

王羲之安慰她说:"别急。你只告诉买扇的人,说上面是王右军写的字。"

王羲之一离开,老婆婆就照他的话做了。集上的人一看真是王右军的书法,一拥而上,一篮竹扇马上就卖光了。

许多艺术家都有自己的爱好,有的爱种花,有的爱养鸟,王羲之也有他特殊的癖好,他爱鹅。不管哪里有好鹅,他都要兴致勃勃地去看,或者把它买回来玩赏。

　　山阴地方有一个道士,想让王羲之给他写一卷《道德经》,可是他知道王羲之是不肯轻易替人抄写经书的。后来,他打听到王羲之喜欢白鹅,就特地养了一批品种好的鹅。

　　王羲之听说道士家有好鹅,主动跑去看。当他走近那道士屋旁,就见到河里有一群鹅在水面上悠闲地浮游着,一身雪白的羽毛映衬着高高的红顶,实在逗人喜爱。

　　王羲之看得目不转睛,简直舍不得离开,就派人去找道士,请求把这群鹅卖给他。

　　那道士笑着说:"既然王公这样喜爱,用不着破费,我把这群鹅全部送您好了。不过我有一个要求,就是请您替我写一卷经。"

　　王羲之毫不犹豫地答应了,马上给道士抄写了一卷经,那群鹅就被王羲之带回家去了。

淝水之战

公元383年,前秦苻坚在统一北方后,强征各族人民,组成九十万大军,挥师南下,企图一举灭晋。面对前秦的强大攻势,东晋内部矛盾暂时缓和,一致对敌。宰相谢安沉着指挥,令谢石、谢玄等率八万北府兵开赴淮水一线抗击。

谢安派出的将领胡彬,率领水军沿着淮河向寿阳进发。在路上,胡彬得知寿阳已经被前秦的前锋苻融攻破,只好退到硖石(今安徽凤台西南)扎下营来,等待谢石、谢玄的大军前来会合。

苻融占领寿阳以后,立即派部将梁成率领五万人马进攻洛涧(今安徽淮南东),截断了胡彬水军的后路。晋军被围困起来,军粮一天天少下去,情况十分危急。

胡彬派兵士偷偷送信给谢石告急,说:"现在敌人来势很猛,我军粮食快用完,恐怕没法等待跟大军会合了。"

送信的晋兵偷越秦军阵地的时候,被秦军捉住。这封告急信落在了苻融手里,苻融立刻派快马到项城去告诉苻坚。

苻坚接连得到秦军前锋的捷报,不由得骄傲了起来。他把大军留在项城,亲自率领八千名骑兵赶到寿阳,恨不得一口气把晋军吞掉。

他到了寿阳,跟苻融一商量,认为晋军已经不堪一击,就派了一个使者到晋军大营去劝降。

派出的使者不是别人,正是前几年在襄阳坚决抵抗过秦军,后来被俘虏的朱序。

朱序被俘以后,虽然被苻坚收用,在前秦当了尚书,但是心里还是向着晋朝。他到晋营见了谢石、谢玄,像见了亲人一样高兴,不但没按照苻坚的嘱咐劝降,反而向谢石提供了秦军的情报。他说:"这次苻坚发动了百万人马攻晋,如果全部人马集中起来,恐怕晋军没法抵挡。现在趁他们人马还没到齐的时候,你们赶快发起进攻,打败他们的前锋,挫伤他们的士气,就可以击溃秦军了。"

朱序走了以后,谢石考虑再三,认为寿阳的秦军兵力太强,确实没有把握打胜,还是坚守为好。而谢安的儿子谢琰劝谢石听朱序的话,应尽快出兵。

谢石、谢玄经过一番商议,派北府兵的名将刘牢之率领精兵五千人,先对洛涧的秦军发起突然袭击。这支北府兵果然名不虚传,他们像插了翅的猛虎一样,强渡洛涧,个个勇猛非凡。守在洛涧的秦军,根本不是北府兵的对手,勉强抵挡了一阵,败下阵来,秦将梁成也被晋军杀了。秦兵争先恐后地渡过淮河逃走,大部分兵士掉在水里淹死了。

洛涧大捷,大大鼓舞了晋军的士气。谢石、谢玄一面命令刘牢之继续援救硖石,一面亲自指挥大军,乘胜前进,直到淝水(今淝河,在安徽寿县南)东岸,把人马驻扎在八公山边,和驻扎寿阳的秦军隔岸对峙。

苻坚派朱序去劝降后,正洋洋得意地等待晋军的投降,突然听到洛涧失守的消息,像头上挨了一记闷棍,有点沉不住气了。他要苻融陪着他到寿阳城楼上去看看对岸的形势。

苻坚在城楼上一眼望去,只见对岸晋军的一座座营帐排列得整整齐齐,手持刀枪的晋兵来往巡逻,阵容严整威武。再往远处看,对面八公山上,隐隐约约不知道驻扎有多少晋兵。其实,八公山上并没有晋兵,不过是苻坚心虚眼花,把八公山上的草木都看作是晋兵了(文言是"草木皆兵")。

苻坚有点害怕了,他转过头对苻融说:"这确实是强敌啊!怎么能说他们弱呢?"

打那以后,苻坚命令秦兵严密防守。晋军没能渡过淝水,谢石、谢玄十分着急。如果拖延下去,等到各路秦军到齐,就会对晋军不利。

谢玄派人给苻坚送去一封信,说:"你们带了大军深入晋的阵地,现在却在淝水边摆下阵势,按兵不动,这难道是像打仗的样子吗?如果你们能把阵地稍稍往后撤一点,腾出一块地方,让我军渡过淝水,双方在战场上比一比输赢,这才算有胆量呢!"

苻坚一想,要是不答应后撤,不就是承认我们害怕他们吗?可不能长他人志气!他马上召集秦军将领,说:"他们要我们让出一块阵地,我们就撤吧。等他们正渡河的时候,我们派骑兵冲上去,保管把他们全消灭。"

谢石、谢玄得到苻坚答应后撤的回音后,迅速整顿好人马,准备渡河进攻。

约定渡河的时刻到来了,苻坚一声令下,苻融就指挥秦军后撤。他们本来想撤出一块阵地就立刻回过头来发动总攻,没料到许多秦兵一半出于厌恶战争,一半出于害怕晋军,一听到后撤的命令,撒腿就跑,再也不想停下来了。

谢玄率领八千多骑兵,趁势飞快地渡过淝水,向秦军发起猛攻。

这时候,朱序在秦军阵后叫喊起来:"秦兵败了!秦兵败了!"后面的兵士不知道前面的情况,只看到前面的秦军往后奔跑,也转过身跟着边叫嚷边逃跑。

苻融气急败坏地挥舞着剑,想压住阵脚,但秦兵像潮水般地往后涌来,哪里压得住。一群乱兵冲来,把苻融的战马都冲倒了。

苻融挣扎着想起来,晋兵已经从后面赶上来,一刀把他砍死了。主将一死,秦兵更是像脱了缰绳的惊马一样,四处乱奔。

阵后的苻坚看到情况不妙,只好骑上一匹马拼命逃走。不料一支流箭飞来,正好射中他的肩膀。苻坚顾不得疼痛,继续催马狂奔,一直逃到淮北才歇了口气。

晋军乘胜追击,秦兵没命地溃逃,被挤倒的、踩死的兵士,满山遍野都是。那些逃脱的兵士,一路上听到风声和空中的鹤鸣声(文言是"风声鹤唳","唳"音 lì,就是鹤鸣声),也以为是东晋追兵的喊杀声,吓得不敢停下来。

谢石、谢玄收复了寿阳,派飞马往建康送捷报。

信使来的这天,谢安正在家中跟一个客人下棋。他看完了谢石送来的捷报,不露声色,随手把捷报放在床上,照样下棋。

客人知道是前方送来的战报,忍不住问谢安说:"战事情况怎么样?"

谢安慢吞吞地说:"孩子们到底把秦人打败了。"

客人听了，高兴得不得了，想赶快把这个好消息告诉别人，棋也不下就告辞走了。

谢安送走客人，回到内宅，他兴奋的心情再也按捺不住，跨过门槛的时候，踉踉跄跄地，把脚上木屐的齿都碰断了。

经过这场大战，强大的前秦大伤元气。苻坚逃到洛阳，收拾残兵败将，只剩下十几万了。但是慕容垂的兵力却丝毫没受到损失。不出王猛所料，鲜卑族的慕容垂和羌族的姚苌（音cháng）终于背叛了前秦，各自建立了新的国家——后燕和后秦，苻坚本人也被姚苌杀了。

玄武门之变

唐高祖即位以后,封李建成为太子,李世民为秦王,李元吉为齐王。三个人当中,数李世民功劳最大。太原起兵,原是他的主意;在之后几次战斗中,他立的战功也最多。李建成的战功不如李世民,只是因为他是高祖的大儿子,才取得太子的地位。

李世民不但有勇有谋,而且手下有一批人才。在秦王府中,文有房玄龄、杜如晦等,号称"十八学士";武有尉迟敬德、秦叔宝、程咬金等著名勇将。太子建成知道自己的威信比不上李世民,心里妒忌,就和弟弟齐王元吉联合,一起排挤李世民。

建成、元吉知道唐高祖宠爱几位妃子,就经常在这些宠妃面前讨好送礼,讨她们的喜欢。李世民就没有这样做。李世民平定东都之后,有宠妃私下向李世民索要隋宫里的珍宝,还为她们的亲戚谋官做,都被李世民拒绝了。于是,宠妃们常常在高祖面前说太子的好话,讲秦王的短处。唐高祖听信宠妃的话,跟李世民渐渐疏远起来。

随后李世民又多次立功,建成和元吉更加忌恨,千方百计想除掉李世民。

有一次,建成请李世民到东宫去喝酒。李世民喝了几盅,忽然感到肚子痛。随从把他扶回家里,他疼痛难忍,竟呕出血来。李世民心里明白,一定是建成在酒里下了毒,于是赶快请医生治疗,总算慢慢好了。

建成、元吉想害李世民,但是又忌惮李世民手下勇将多,真的动起手来,占不到便宜,就想先把这些勇将收买过来。

建成私下派人送了一封信给李世民手下的勇将尉迟敬德,表示要跟尉迟敬德交个朋友,顺带给尉迟敬德送去了一车金银。

尉迟敬德跟建成的使者说:"我是秦王的部下。如果私下跟太子来往,对秦王三心二意,我就成了个贪利忘义的小人。这样的人对太子又有什么用呢?"他把一车金银原封不动地退回了。

建成遭到尉迟敬德的拒绝,气得要命。当天夜里,元吉派了个刺客到尉迟敬德家去行刺。尉迟敬德早就料到建成他们不会善罢甘休。到了晚上,他故意把大门大敞着。刺客溜进院子,隔着窗户偷看,只见尉迟敬德斜靠在床上,身边放着长矛。刺客本来就知道他本领大,见他早有防备,没敢动手,偷偷地溜回去了。

建成、元吉一计不成,又生一计。那时候,突厥进犯中原,建成向唐高祖建议,让元吉代替李世民带兵北征。唐高祖任命元吉做主帅后,元吉又请求把尉迟敬德、秦叔宝、程咬金三员秦王的大将和秦王府的精兵都划归他指挥。他们打算把这些将士调开,然后就可以放手杀害李世民。

有人把这个秘密计划透露给了李世民。李世民感到形势紧急,连忙找尉迟敬德和他舅子长孙无忌商量。两人都劝李世民先发制人。李世民说:"兄弟互相残杀,总不是件体面的事。还是等他们动了手,我们再来对付他们。"

尉迟敬德、长孙无忌着急起来,说如果李世民再不动手,他们也不愿留在秦王府白白等死。李世民看部下的态度十分坚决,就下了决心。

当天夜里,李世民进宫向唐高祖告了一状,诉说太子跟元吉怎么谋害他。唐高祖答应等第二天天一早,叫兄弟三人一起进宫,由他亲自盘问。

第二天早上,李世民叫长孙无忌和尉迟敬德各带一支精兵,埋伏在皇宫北面的玄武门,只等建成、元吉进宫。

没多久,建成、元吉骑着马朝玄武门过来了,他们到了玄武门边,觉得周围的气氛有点反常,心里犯了疑。两人掉转马头,准备回去。这时李世民从玄武门里骑着马赶了出来,高喊道:"殿下,别走!"

元吉转过身来,拿起身边的弓箭,就想射杀李世民,但是心里一慌,连弓弦都没拉开。李世民眼疾手快,射出一支箭,把建成射死了;紧接着,尉迟敬德带了七十名骑兵冲了出来,尉迟敬德射出一箭,把元吉也射下马来。

东宫和齐王府的人听说玄武门出了事,全部出动,向秦王府发起猛攻。李世民一面指挥将士抵抗,一面派尉迟敬德进宫。

唐高祖正在皇宫里等着三人来朝见,尉迟敬德手拿长矛气喘吁吁地冲进宫来,说:"太子和齐王发动叛乱,秦王已经把他们杀了。秦王怕惊动陛下,特地派我来保驾。"

高祖这才知道外面出了事,吓得不知道该怎么办才好。

宰相萧瑀等大臣趁机说:"建成、元吉本来就没有什么功劳,两人妒忌秦王,施用奸计。现在秦王既然已经把他们消灭,这是好事。陛下只要把国事交给秦王,就万事大吉了。"

到了这步田地,唐高祖要反对也没用了,只好听从左右大臣的话,宣布建成、元吉的罪状,命令两府将士一律归秦王指挥。过了两个月,唐高祖让位给秦王,自己做了太上皇。李世民即位,就是唐太宗。

请君入瓮

武则天在平定徐敬业叛乱之后,决心除掉那些反对她的唐朝宗室和大臣。可是,谁在暗中反对她,用什么办法才能知道呢?

于是,她就下了一道命令,发动和号召全国人互相告密。不论大小官吏、普通百姓,只要发现有人谋反,都可以直接向她告密。地方官吏遇到有人告密,不许自己查问,一定要替告密的人备好车马,供给上等伙食,派人护送到太后行宫,由武则天亲自召见。如果告密的材料属实,告密人可以马上做官;如果查下来不是事实,也不追究诬告的罪责。

这样一来,四面八方告密的人当然越来越多了。

武则天收到这么多告密材料,总得有人替她审问。有一个胡族将军索元礼,就是靠告密起家的。武则天派他专门办谋反的案件。索元礼是一个极端残忍的家伙,审问案件,不管有没有证据,先用刑罚逼犯人供出同谋。犯人受不住刑,就胡乱招一些假口供。这样,他审问一个人就会牵连到几十个甚至几百个人。株连越广,案情就越大。索元礼向太后一汇报,太后就夸赞他聪明能干。

有些官吏看到索元礼得到太后的赏识，就有样学样起来。其中最残酷的是周兴和来俊臣。他们每人手下养了几百个流氓，专门干告密的事。只要他们认为谁有谋反嫌疑，就派人同时在几个地方告密，并捏造出许多证据。更让人惊悚的是，来俊臣还专门编了一本《告密罗织经》，传授罗织罪状的手段。

周兴、来俊臣办起案来，比索元礼要残忍百倍。他们想出各种各样惨无人道的刑罚，名目繁多，花样百出。他们抓到人，先把各种刑具在"犯人"面前一放，有的"犯人"一看，吓坏了，就被迫招认了。

周兴、索元礼前前后后一共杀了几千人，来俊臣毁了一千多个家族，他们的残酷出了名。

有个正直的大臣对太后说："现在下面告发的谋反案件，多数是冤案、假案，也许有人在阴谋离间陛下和大臣之间的关系，陛下可不能不慎重啊！"

可是，武则天不愿听这种劝告。告密的风气越来越盛，连她的亲信、掌管禁军的大将军丘神勣（音jì），也被人告发谋反，被武则天下令杀了。

有一天，太后接到告密信，说周兴跟已经处死的丘神勣同谋。太后一听，大吃一惊，立刻下密旨给来俊臣，叫他负责审理这个案件。

说巧也巧，太监把太后的密旨送到来俊臣家时，来俊臣正跟周兴在一起，边喝酒边议论案件。来俊臣看完武则天的密旨，不动声色，把密旨往袖子里一放，仍旧回过头来跟周兴谈话。

来俊臣说："最近抓了一批犯人，大多不肯老实招供，您看该怎么办?"

周兴捻着胡须,微微一笑说:"这还不容易!我最近想出了一个新招,拿一个大瓮(音wèng)架在炭火上烧,谁不肯招认,就把他放进大瓮里烤,还怕他不招?"

来俊臣听了,连连称赞说:"好办法,好办法!"他一面说,一面叫公差去搬一只大瓮和一盆炭火到大厅里来,把瓮放在火盆上。盆里炭火熊熊,烤得整个厅堂的人汗流不止。

周兴正感到奇怪,这时来俊臣站了起来,拉长了脸说:"接太后密旨,有人告发周兄谋反。你如果不老实招供,只好请你进这个瓮了。"

周兴一听,吓得魂飞天外。来俊臣的手段,他是最清楚的。他连忙跪在地上,像捣蒜一样磕响头求饶,表示愿意招认。来俊臣根据周兴的口供,定了他死罪,上报太后。

武则天想,周兴毕竟为她干了不少事;再说,周兴是不是真的谋反,她也有点怀疑,就赦免了周兴的死罪,把他革职流放到岭南(今广东、广西一带)去了。

周兴干的坏事多,冤家也多,到了半路上,就被人暗杀了。后来,武则天发现索元礼害人太多,民愤很大,就借个因头,把他杀了。

留下的来俊臣,仍旧得到武则天的信任,继续干了五六年诬陷杀人的事,前前后后不知道害了多少官吏和百姓,连宰相狄仁杰也曾经被他诬告谋反,关进监牢,差一点被整死。

来俊臣的野心越来越大,渐渐地他想独掌朝廷大权,嫌武则天的侄儿武三思和女儿太平公主势力大,索性告到他们身上去了。这些人当然不是好惹的,他们先发制人,把来俊臣平时诬陷好人、滥施刑罚的老底全都揭了出来,并且把来俊臣抓起来,判他死罪。本来武则天还想庇护他,一看反对来俊臣的人不少,只好批准把他处死。

来俊臣被处死刑那天,人人称快。大家互相祝贺,说:"从现在起,夜里可以安心睡觉了。"

杯酒释兵权

宋太祖即位后不到半年,有两个节度使起兵反对宋朝。宋太祖亲自出征,费了很大劲儿,才把他们平定。

因为这件事,宋太祖心里总不大踏实。有一次,他单独找赵普谈话,问他说:"自从唐朝末年以来,换了五个朝代,没完没了地打仗,不知道死了多少老百姓。这到底是什么原因?"

赵普说:"道理很简单。国家混乱,毛病就出在藩镇权力太大。如果把兵权都集中到朝廷,天下自然就太平无事了。"

宋太祖连连点头,称赞赵普说得好。

后来,赵普又对宋太祖说:"禁军大将石守信、王审琦两人,兵权太大,还是把他们调离禁军为好。"

宋太祖说:"你放心,这两人是我的老朋友,不会反对我。"

赵普说:"我并不担心他们叛变。但是据我看,这两个人没有统帅的才能,管不住下面的将士。有朝一日,下面的人闹起事来,只怕他们也身不由己呀!"

宋太祖敲敲自己的额角说:"亏得你提醒了一下。"

过了几天,宋太祖在宫里举行宴会,请石守信、王审琦等几位老将喝酒。

酒过几巡,宋太祖命令在旁侍候的太监退出。他拿起一杯酒,先请大家干了杯,说:"要不是有你们帮助,我也不会有今天。但你们哪里知道做皇帝的难处?还不如做个节度使自在呢。不瞒各位说,这一年来,我就没有睡过一个安稳觉。"

石守信等人听了十分惊讶,连忙问这是什么缘故。

宋太祖说:"这还不明白?皇帝这个位子,谁不眼红呀?"

石守信这些人听出话外音来了。大家着了慌,忙跪在地上说:"陛下为什么说这样的话?现在天下已经安定了,谁还敢对陛下三心二意?"

宋太祖摇摇头说:"对你们几位我还信不过吗?只怕你们的部下将士当中有人贪图富贵,把黄袍披在你们身上!你们想不干,能行吗?"

石守信等人听到这里,感到大祸临头,连连磕头,含着眼泪说:"我们都是粗人,没想到这一点,请陛下指引一条出路。"

宋太祖说:"我替你们着想,不如你们把兵权交出来,到地方上去做个闲官,买点田产房屋,给子孙留点家业,快快活活度过晚年。我和你们结为亲家,彼此毫无猜疑,不是更好吗?"

石守信等人齐声说:"陛下替我们想得太周到啦!"

酒席一散,大家各自回家。第二天上朝,每人都递上一份奏章,称自己年老多病,请求辞职。宋太祖马上照准,收回他们的兵权,赏给他们一大笔财物,打发他们到各地去做节度使。

历史上把这件事称为"杯酒释兵权"("释"就是"解除")。

过了一段时间,又有一些节度使到京城来朝见。宋太祖在御花园举行宴会。宋太祖说:"你们都是国家老臣,现在藩镇的事务那么繁忙,还要你们干这种苦差,我真过意不去!"

有个识趣的节度使马上接口说:"我本来就没什么功劳,留在这个位子上也不合适,希望陛下准我告老还乡。"

也有个节度使不知趣,唠唠叨叨地把自己夸了一番,说自己立过多少多少功劳。宋太祖听了,直皱眉头,说:"都是些陈年老账了,还提它干什么!"

第二天,宋太祖把这些节度使的兵权全部解除了。

宋太祖收回地方将领的兵权以后,建立了新的军事制度,从地方军队挑选出精兵,编成禁军,由皇帝直接控制;各地行政长官也由朝廷委派。通过这些措施,新建立的北宋王朝开始稳定了下来。

《正 气 歌》

1268年,元世祖忽必烈发起灭宋之战。后来宋朝投降,文天祥、张世杰等大臣继续在江西、福建与广东等地抗元。元军陆续攻下华南各地。1278年,南宋朝廷退至广东崖山。

元在攻打南宋的过程中,俘虏了文天祥,继而又拿下崖山。张弘范(元初大将,忽必烈灭宋之战的主要指挥者)召集手下将领,举行庆功宴会,把文天祥也请来了。宴席上,张弘范对文天祥说:"现在宋朝灭亡,丞相已经尽到最后一片忠心。只要您回心转意,归顺我们大元皇上,还能保有您丞相的地位。"

文天祥含着眼泪说:"国破家亡,我身为宋朝大臣,没能够挽回局势,死不足惜,怎么还能贪图活命呢?"

张弘范一再劝降都没有结果,只好派人把文天祥押送到大都。

走了半年,文天祥被押到大都,元王朝下令把他送到上等的宾馆里,用美酒好菜招待他。过了几天,元朝丞相博罗派投降官员留梦炎去劝降。文天祥对这个叛徒早已深恶痛绝,现在见他居然厚着脸皮来劝降,更是火冒三丈,没等留梦炎开口,就一顿痛骂,把留梦炎骂得抬不起头,灰溜溜地走了。

元朝见文天祥劝降不成,就把他移送到兵马司衙门,戴上脚镣手铐,过囚徒的生活。过了一个月,博罗把文天祥提到元朝的枢密院,亲自审问。

文天祥被兵士押着,来到枢密院大堂,只见博罗满脸凶相,坐在上面。文天祥正眼都不看他一眼,昂起头,挺直腰杆走上前去。左右兵士吆喝他跪下,文天祥拒绝了。

博罗恼羞成怒,喝令左右动手。兵士们拉的拉,推的推,将文天祥按倒在地上。

博罗说:"你还有什么话可说?"

文天祥坦然说:"自古以来,国家有兴有亡,做大臣的被灭被杀的,哪一个朝代没有?我是宋朝的臣子,现在既然宋已失败,只求早死。"

博罗看审问出现了僵局,想缓和一下气氛,就说:"自从盘古到现在,有几个帝王,你倒说来听听。"

文天祥哼了一声,说:"一部十七史(指《史记》等十七部历史书),从哪里说起?我今天不是到这里来应考,哪有心思跟你们闲扯。"

博罗被文天祥抢白了几句,自觉没趣,就无理取闹地责问文天祥为什么丢了临安逃走,为什么要另立二王(指赵昰、赵昺)。文天祥一条条据理驳斥,最后,他慷慨激昂地说:"我文天祥今天落在你的手里,早就准备一死,何必再啰唆!"

博罗气得吹胡子瞪眼睛,喝令把文天祥押回兵马司。他想杀掉文天祥,但是元世祖恐怕杀了文天祥民心不服,没有同意。

文天祥被关的那间土牢又矮又窄,阴暗潮湿。每逢下雨,屋里漏雨,满地是水;一到夏天,地面上升腾起阵阵蒸汽,闷热难耐。牢房的隔壁,是狱卒的炉灶和陈年的谷仓,散发出阵阵烟火气和霉气,再加上厕所里大粪的气味、死老鼠的臭味,闻之欲呕。

文天祥就被关在这样的牢房里,但恶劣的环境只能折磨他的身体,却并不能摧毁他的意志。他相信,只要有爱国家、爱民族的浩然正气,就能够战胜一切恶劣的环境。

他在牢房中,写下了千古传诵的《正气歌》。他在这首诗里,列举了历史上一些坚持正义、不怕牺牲的忠臣义士的例子,认为那都是正气的表现。他在诗中写道:

天地有正气,杂然赋流形。
下则为河岳,上则为日星。
于人曰浩然,沛乎塞苍冥。
……
时穷节乃见(同"现"),一一垂丹青。

(意思是:天地之间有一种正气,分别表现为各种物体。如地上的大河高山,天空的日月星辰。在人的身上就表现为浩然之气,充塞在宇宙之间。……到了危急的关头,才表现出他们的气节,他们的事迹一件件留在史册上。)

文天祥被关进牢里的第三年,河北中山府爆发了一场农民起义。起义领袖自称是宋朝皇室的后代,聚集了几千人马,号召大家打进大都,救出文丞相。

这一来可把元王朝吓坏了,如果不杀文天祥,恐怕要闹出大乱子来。但元世祖还没有丢掉招降的最后一丝幻想,决定亲自劝降文天祥。

这一天,文天祥被人从牢房里押出来,带到宫里。

文天祥见了元世祖,不肯下跪,只作了个揖。元世祖问他还有什么话说。文天祥说:"我是大宋宰相,尽力竭心扶助朝廷,可惜奸臣卖国,叫我英雄无用武之地。我不能光复国土,反落得被俘受辱。死了以后,也不甘心。"说着,咬牙切齿,不断地捶打自己的胸膛。

元世祖和颜悦色地劝说:"你的忠心,我完全了解。事到如今,你如果能改变主意,做元朝的臣子,我仍旧让你当丞相怎么样?"

文天祥慷慨地说:"我是宋朝的宰相,哪有服侍两朝的道理?我若不死,哪还有脸去见地下的忠臣烈士?"

元世祖说:"你不愿做丞相,做个枢密使怎么样?"

文天祥斩钉截铁地回答说:"我只求一死,别的没有什么可说了。"

元世祖知道劝降已没有希望,这才叫侍从把文天祥带出去。第二天,下令把文天祥处死。

这一天,北风怒号,阴云密布。京城柴市的刑场上,戒备森严。市民们听到文天祥要就义的消息,自发地聚集到柴市来,一下子就汇集了一万人,把刑场围得水泄不通。只见文天祥戴着镣铐,神色从容,来到刑场。他问旁边的百姓,哪一面是南方。百姓们指给文天祥看了。他朝着正南方向拜了几拜,然后端端正正地坐了下来,对监斩官说:"我的事了了。"

公元1283年1月,这位四十七岁的民族英雄最终牺牲,在民族危亡的时刻,他表现了一身的浩然正气。

三保太监下西洋

明成祖用武力从他侄儿手里夺得了皇位，但有一件事总使他心里不大踏实。皇宫大火扑灭之后，并没有找到建文帝的尸体。那么建文帝到底是不是真的死了？京城里众说纷纭，有的说建文帝并没有自杀，趁宫里起火混乱的时候，带着几个侍从太监从地道里逃出城外去了；别的地方传来的消息更离奇，说建文帝到了什么什么地方，还做了和尚，说得有鼻子有眼，使明成祖不得不怀疑。他想，如果建文帝真的没死，万一他在别的地方重新召集人马，用朝廷的名义讨伐他，岂不可怕？为了把这件事查个水落石出，他派了心腹大臣到各地去，借口说是求神仙，但其实是秘密地查问建文帝的下落。这一找，就是二三十年。

明成祖又想，建文帝会不会跑到海外去了呢？那时候，我国的航海事业已经开始发展起来。明成祖心想，派人到海外去扬我国威，跟外国人做点生意，采购些珠宝，顺便探听一下建文帝的下落，岂不是一举两得？

就这样，他决定派一支队伍出使国外。让谁来带队呢？当然非得是自己的心腹不可。他想到跟随他多年的宦官郑和，倒是个挺合适的人选。

郑和原来姓马,小名叫三保,出生在云南一个回族家庭里。他的祖父、父亲都信奉伊斯兰教,还到麦加(伊斯兰教的主要圣地,在今沙特阿拉伯)去朝过圣。郑和小时候就从父亲那里听说过外国的一些情况。后来,他进燕王宫里当了太监,因为聪明能干,很快便得到了明成祖的信任。这"郑和"的名字还是明成祖给他起的呢。但是民间叫他的小名叫惯了,所以一直称他"三保太监",后来,有的书上也写成"三宝太监"。

公元1405年6月,明成祖正式派郑和为使者,带一支船队出使"西洋"。那时候,人们叫的"西洋"并不是指欧洲大陆,而是指我国南海以西的海和沿海各地。郑和带的船队共有两万七千八百多人,除了兵士和水手外,还有技术人员、翻译、医生等。他们乘坐六十二艘大船,这种船长四十四丈,宽十八丈,在当时是少见的。船队从苏州刘家河(今江苏太仓浏河)出发,经过福建沿海,浩浩荡荡,扬帆南下。

郑和第一次出海,先到了占城(今越南南方),接着又到了爪哇、旧港(今印度尼西亚苏门答腊岛东南岸)、苏门答腊、满剌加、古里、锡兰等国家。他带着大批金银财物,每到一个国家,先把明成祖的信递交国王,然后把带去的礼物送给他们,希望同他们友好交往。许多国家见郑和带了那么大的船队,态度友好,并不是来威吓他们的,都热情地予以接待。

郑和这一次出使,一直到第三年九月才回国。西洋各国趁郑和回国,也都派了使者带着礼物跟着他一起回访。在出使的路上,虽然遇到过几次惊涛骇浪,但是船上有的是经验丰富的老水手,船队没有出过事。只是在船队回国途中,经过旧港的时候,遇到了一件麻烦事。

旧港这地方有个海盗头目,名叫陈祖义。他占据了一个海岛,纠集了一支海盗队伍,专门抢劫过往客商的财物。这回听说郑和船队带着大批宝物经过,分外眼红,就和同伙商议,准备趁郑和不防备,动手抢劫。

这个计谋被当地人施进卿知道了,他偷偷地派人到船队告诉了郑和。

郑和心想,我手下有两万兵士,还怕你小小海盗?既然你要来偷袭,那就非得给你点教训不可。他命令把大船散开,在旧港港口停泊下来,命令船上的兵士准备好火药、刀枪,严阵以待。

夜深的时候,海面上风平浪静,陈祖义带领一群海盗乘着几十艘小船直驶港口,准备偷袭。只听到郑和的坐船上一声火炮响,周围的大船都驶拢来,把陈祖义的海盗船团团围住。明军人多势众,且早有准备,于是把陈祖义打得大败。大船上的兵士扔下火把,把海盗船烧着了。陈祖义想逃也逃不了,只好乖乖地当了俘虏。

郑和把陈祖义捆绑着,押回了国内。到了京城,他向明成祖献上了俘虏。各国的使者也拜见了明成祖,送上大批珍贵的礼物。明成祖见郑和把出使的任务完成得很出色,高兴得眉开眼笑。

后来,明成祖终于相信建文帝确实是死了,没有必要再去寻找。但是出使海外的事,既能提高国家的威望,又能促进跟西洋各国的贸易往来,好处很多。所以打那以后,他一次又一次地派郑和带领船队下西洋。从公元1405年到1433年将近三十年的时间里,郑和出海七次,前前后后共到过印度洋沿海三十多个国家,最远到达非洲的木骨都束国(今索马里的摩加迪沙一带)。

在郑和第六次出使回国的那年,明成祖得病死了。他的儿子明仁宗朱高炽即位后,不到一年也死了。继承皇位的明宣宗朱瞻基是一个八九岁的孩子,所以由祖母徐太后和三个老臣掌权。大臣们认为郑和此时已出使七次,国家花费太大。至此,到国外航行的事业就停了下来。

郑和的七次航行,表现了我国古代人民勇敢的探索精神,也说明当时我国航海技术已经有很高的水平。郑和的出使,促进了我国和亚非许多国家的经济文化交流和友好往来。直到现在,那些国家还流传着三保太监的事迹呢。

戚继光抗倭

中日两国一衣带水,很早以来,两国人民就友好交往。但在明朝的时候,由于日本国内形势的变化,酿成了倭寇侵扰中国沿海地区的"倭患",以戚继光为首的中国军民开始了抗击倭寇的斗争。

倭寇之患从明初以来就一直存在。朱元璋建立明朝的时候,日本正处于封建割据的南北朝时期。早在元顺帝至元二年(公元1336年),打进京都的足利尊氏废黜了后醍醐(音 tí hú)天皇,另立天皇,自任征夷大将军,设幕府于京都。后醍醐天皇南逃吉野,建立朝廷,史称南朝,而在京都的朝廷被称为北朝。后醍醐天皇为了恢复王权,推翻幕府,特派他的儿子在九州设征西府。除了南、北两个朝廷外,日本还有许多割据势力——守护大名。他们掠夺财富,除互相争战之外,还常常扶持和勾结海盗商人骚扰和掳掠中国沿海地区,形成了元末明初的倭患。

朱元璋即位后,接连派使者到日本,以恢复两国关系,更重要的是为了消弭倭患。但由于日本当时处于分裂对抗状态,几次派使都毫无结果,倭寇侵扰日渐繁复。北起山东,南到福建,到处受到劫掠。

嘉靖时期,随着东南沿海一带商品经济的发展,官僚富豪下海经商的人日益增多,他们中的一些人,如汪直、徐海等,与倭寇勾结,组成武装劫掠集团。一些明朝官僚也与这些寇盗暗中勾结。嘉靖二十七年(公元1548年),朝廷派朱纨巡抚浙江,兼提督福建军务。朱纨到任后,封锁海面,击杀了通倭的李光头等九十六人。朱纨的海禁触犯了通倭的官僚、豪富的利益,他们指使在朝的官僚攻击和诋毁朱纨,结果朱纨被迫自杀。从此,朝廷不再设巡视大臣,朝中朝外无人再提海禁之事,倭寇更加猖獗起来。

戚继光(公元1528—1588年),字元敬,山东牟平人。嘉靖年间任都指挥佥事,在山东备倭。他曾用"封侯非我意,但愿海波平"的诗句表达自己消除倭患的决心和志向。

嘉靖三十四年(公元1555年),戚继光从山东调到浙江抗倭,他看到卫所官军毫无作战能力,而人民却英勇抗战,于是招募义乌等地的农民和矿工三千人加以训练,组成戚家军。戚家军纪律严明,战斗力极强。戚继光注意到倭寇的倭刀、长枪、重矢等武器的特点,创造了新的阵法"鸳鸯阵",使长短兵器相互配合,大大提高了战斗力,在抗倭战斗中屡建奇功,很快戚家军名震天下。

嘉靖四十年(公元1561年),倭寇几千人袭击浙江台州、桃渚、圻头等地,戚继光率部队在民众的配合支持下,先后九战九捷,歼灭大量倭寇,取得了决定性的胜利。同时卢镗、牛天赐也在宁波、温州大败倭寇,浙东的倭寇因此被全部扫除。

第二年,倭寇大举进犯福建。从温州来的倭寇与福宁、连江的倭寇一起攻陷寿宁、政和、宁德,自广东南澳来的倭寇与福清、长乐等地的倭寇攻陷玄钟所,并延及龙延、松溪、大田、古田、莆田等地。倭寇在距宁德五公里的横屿凭险固守,明朝官军与倭寇相持了一年多。新来的倭寇又在牛田、兴化筑营固守,互为声援,使福建频频告急。戚继光于是率军进入福建剿寇。戚继光攻下横屿,斩首两千六百人。又乘胜攻下牛田,捣毁倭寇巢穴。

倭寇逃向兴化,戚继光乘胜追击,连夜作战,连克六十营,斩首无数。戚家军进入兴化城,受到了人民的热烈欢迎。戚继光回师福清,又歼灭登陆的倭寇两百人。

戚继光返回浙江后,大量倭寇又进扰福建,并包围兴化城。明朝命俞大猷为福建总兵官,戚继光为副。不久,倭寇攻占了兴化城。嘉靖四十二年(公元1563年),戚家军再次进入福建。明朝军队在平海与倭寇战斗,戚继光率军队率先登城,杀敌两千二百人,并救出被掠人口三千人。戚继光因战功而升为总兵官。

第二年,倭寇又纠集余党万余围攻仙游,戚继光先将他们打败于城下,继而又追击余寇,歼灭了大量倭寇。其后戚继光又在福宁大败倭寇,并与同为抗倭英雄的俞大猷一起,最后扫清了福建境内的倭寇。

郑成功收复台湾

南明隆武帝在福州建立政权之后,他手下的大臣黄道周一心抗清,想帮助隆武帝出师北伐。但是掌握兵权的郑芝龙只想保存自己的实力,不愿出兵。过了一年,清军进军福建的时候,派人向郑芝龙劝降。郑芝龙贪图富贵,抛弃了隆武帝,向清朝投降,隆武政权也就灭亡了。

郑芝龙有个儿子叫郑成功,当时才二十二岁。郑芝龙投降清朝的时候,郑成功苦苦劝阻。后来,他见父亲执迷不悟,气愤之下,就独自跑到南澳岛,招募了几千人马,坚决抗清。清王朝知道郑成功是个能干的将才,几次三番派人诱降,都被郑成功拒绝。清将又派他弟弟带了郑芝龙的信劝他投降。他弟弟说:"如果你再不投降,只怕父亲的性命难保。"

郑成功坚决不为所动,写了一封回信,就此跟郑芝龙决绝。

郑成功的兵力渐渐强大起来后,在厦门建立了一支水师。他跟抗清将领张煌言联合起来,率领水军十七万人乘海船开进长江,分水陆两路进攻南京,一直打到南京城下。但是清军用假投降的手段欺骗他,郑成功中了计,最后吃了败仗,只能又退回厦门。

郑成功回到厦门时,清军已经占领了福建大部分地方,他们用封锁的办法,要福建、广东沿海百姓后撤四十里,断绝对郑军的供应,想困死郑成功。郑成功在那里招兵筹饷都遇到困难,就决定去台湾发展。

台湾自古以来就是我国的领土。明朝末年,欧洲的荷兰人趁明王朝腐败无能,霸占了台湾的海岸,修建城堡,向台湾人民勒索苛捐杂税。台湾人民不断反抗,遭到了荷兰侵略者的不断镇压。

郑成功少年时期就跟随父亲到过台湾,亲眼看到台湾人民遭受的苦难,早就想收复台湾。这一回,他下决心赶走侵略军,就下命令要他的将士修造船只,收集粮草,准备渡海。

恰好在这时候,曾在荷兰军队里当过翻译的何廷斌,赶到厦门来见郑成功,劝郑成功收复台湾。他说,台湾人民受够了侵略军的欺侮压迫,早就想反抗了。只要大军一到,一定能够联手把敌人赶走。何廷斌还送给郑成功一张台湾地图,把荷兰侵略军的军事布置都告诉了郑成功。郑成功有了这个可靠的情报,进攻台湾的信心就更足了。

公元1661年3月,郑成功命他儿子郑经带领一部分军队留守厦门,自己亲率两万五千名将士,分乘几百艘战船,浩浩荡荡地从金门出发了。他们冒着风浪,越过台湾海峡,在澎湖休整几天,准备直取台湾。这时候,有些将士听说西洋人的大炮厉害,有点害怕。郑成功把自己乘坐的战船排在前面,鼓励将士说:"荷兰人的红毛火炮没什么可怕,你们只要跟着我的船前进就是了。"

荷兰侵略军听说郑成功要进攻台湾,十分惊慌。他们把军队集中在台湾(今台湾东平地区)和赤嵌(今台南地区)两座城堡,还在港口弄沉了好多破船,想阻挡郑成功的船队登岸。

郑成功叫何廷斌领航,利用海水涨潮的时机,驶进鹿耳门,登上了台湾岛。

台湾人民听说郑军来到,成群结队地推着小车,提水端茶,迎接亲人。躲在城堡里的荷兰侵略军头目气急败坏地派了一百多兵士冲下来,郑成功一声号令,把敌军紧紧围住,杀了一个敌将,敌兵也溃散了。

侵略军又调了一艘最大的军舰"赫克托"号,张牙舞爪地开了过来,阻止郑军的船只继续登岸。郑成功沉着镇定,指挥他的六十艘战船把"赫克托"号围住。郑军的战船虽小,但行动灵活。郑成功号令一下,六十艘战船一齐发炮,把"赫克托"号打得起了火。大火熊熊燃烧,把海面照得通红,"赫克托"号渐渐沉了下去。其他三艘荷兰船一看形势不妙,吓得掉头就逃。

荷兰侵略军遭到惨败,龟缩在两座城里不敢出来应战。他们一面偷偷派人到巴达维亚(今爪哇)去搬救兵,一面派使者到郑军大营求和,说只要郑军肯退出台湾,他们愿献上白银十万两。

郑成功扬起眉毛,威严地说:"台湾本来就是我们的领土,我们收回这地方,是理所当然的事。如果赖着不走,就把你们赶出去!"

郑成功喝退荷兰使者,派兵猛攻赤嵌。赤嵌的敌军负隅顽抗,一时攻不下来。有个当地人给郑军出了个主意,说赤嵌城的水都是从城外高地流下来的,只要切断水源,敌人就不战自乱。

郑成功依计行事，不出三天，赤嵌的荷兰人果然乖乖地投降了。

盘踞台湾城的荷兰侵略军企图顽抗，等待救兵。郑成功决定采取长期围困的办法逼他们投降。在围困八个月之后，郑成功下令向台湾城发起强攻。荷兰侵略军走投无路，只好扯起白旗投降。公元1662年初，侵略军头目被迫到郑成功大营，在投降书上签了字，然后灰溜溜地离开了台湾。

郑成功从荷兰侵略者手里收复了我国的神圣领土台湾，成为我国历史上杰出的民族英雄。

火烧圆明园

1856年10月8日上午,停泊在广州海珠炮台附近码头的"亚罗"号划艇正在做起航准备。这时,一艘清军的巡逻船急驶而来,船上的广东水师官兵登上划艇,对十四名水手挨个盘问,并把其中十二人加以扣留,押到巡逻船上,带回了广州。

"亚罗"号原是中国人苏亚成的一艘载重一百吨的划艇,后来被海盗抢走,几经辗转,后归中国人方亚明所有,成了走私船。为了走私的便利,方亚明曾在香港当局领过执照,但已过期失效。中国水师搜查走私船,捕走中国水手,纯属中国内政。但英国驻广州领事巴夏礼却借口该船曾在香港注册,领有执照,硬说是英国船。因此,他向两广总督叶名琛发出强硬照会,无理地要求立即送回被扣的全部人犯,还要向英国道歉和赔偿。

10月23日,英国海军上将西马縻各里率领英国军舰突入省河,向广州进攻,挑起了第二次鸦片战争。大敌当前,两广总督叶名琛一味妥协,下令不许还击。10月29日,英军攻入广州城,叶名琛仓皇逃走。

1857年春,"亚罗"号事件的消息传到伦敦,英国的统治阶级叫嚣着发动战争,英国议会随后通过了扩大侵华战争的提案。3月,英国政府任命前加拿大总督额尔金为全权专使,率领一支陆海军攻打中国;同时向法、美、俄等国发出照会,提议联合出兵,迫使清政府签订新的不平等条约。10月,法国拿破仑三世(即路易·波拿巴)也借口"马神甫事件"任命葛罗为全权公使,率领一支侵略军,打着"为保卫圣教而战"的幌子,继英军之后开往中国。美国和俄国也同意了英国的提议,积极支持英、法发动新的侵华战争。这样,四个野心勃勃的侵略者,基于共同的利益,临时结成了联合侵华阵线,进一步扩大由英国首先挑起的第二次鸦片战争。

1858年4月,英、法、美、俄等国军舰陆续北上来到大沽。5月20日上午8时,英法联军照会清政府,限令清军在两小时内交出大沽炮台。清政府不予理会。两小时后,英法联军悍然驾着数十只小汽轮和舢板闯进大沽口,向大沽炮台发动猛烈攻击。守炮台的爱国官兵奋起反抗,给侵略者以迎头痛击。但终因防御薄弱,力量相差悬殊,大沽当天被占。26日,英法联军到达天津城外,清政府急忙于29日派大学士桂良和吏部尚书花纱纳到天津,与英、法等国代表谈判,并于6月26日和27日分别签订了《天津条约》。

英、法等国得寸进尺,又以到北京换约为名,准备扩大侵华战争。1860年春,英、法军舰陆续开到中国,并于7月底再次集结大沽口外。8月1日,英法联军攻占北塘,14日攻占塘沽,21日又攻占大沽,24日进入天津。清政府急忙派桂良和恒福到天津求和。但侵略者存心要攻占北京,在谈判中漫天要价,不断节外生枝,使谈判失败,英法联军随后逼近北京。9月18日,英法联军攻陷张家湾和通州,21日攻下八里桥。咸丰皇帝吓破了胆,派他的六弟恭亲王奕䜣为钦差大臣,留守北京,主持和议。22日清晨,咸丰皇帝带着后妃、皇子、亲王和一批大臣,慌忙逃往热河行宫(今河北承德避暑山庄)。

10月5日,英法联军兵临北京城下。俄国外交官伊格纳提耶夫提供情报:清朝守军集中在东城,北城是最薄弱的地方,应先攻取;听说中国清朝皇帝正在西北郊的圆明园。于是,英法联军绕抄安定门、德胜门,攻占圆明园,并将圆明园洗劫一空,制造了震惊中外的"火烧圆明园"事件。

圆明园位于北京西北郊,始建于清康熙四十六年(1709年)。康熙帝把该园赐给四子胤禛(后来的雍正帝),并赐名圆明园。经雍正、乾隆、嘉庆、道光、咸丰五位皇帝一百五十多年的营造,集中了大批物力,役使了无数能工巧匠,倾注了千百万劳动人民的血汗,圆明园被打造成一座规模宏伟、景色秀丽的离宫。

圆明园不仅汇集了江南若干名园胜景,还创造性地移植了西方园林建筑,集当时古今中外造园艺术之大成。可以说,圆明园是中国劳动人民智慧和血汗的结晶,也是中国人民建筑艺术和文化的典范。不仅如此,圆明园内还珍藏了无数各种式样的无价之宝、极为罕见的历史典籍和丰富珍贵的历史文物,如历代书画、金银珠宝、宋元瓷器等,堪称人类文化的宝库之一。也可以说,它是当时世界上最大的一座博物馆。

最先闯入圆明园的是法国侵略军,他们见物就抢,每个法国士兵口袋里装进的珍品,都价值三四万法郎。他们空手而进,满载而归。在法国军营里,堆满了从圆明园抢来的珍奇的钟表、五光十色的绫罗绸缎,以及珍贵的艺术品,价值达三千万法郎。

英国侵略军虽然来迟了一步,但金银财宝也装满了口袋。更可恶的是,对那些搬不走的又大又重的瓷器和珐琅瓶,他们竟将之砸得粉碎。

英法侵略军把圆明园抢劫一空之后,为了销赃灭迹、掩盖罪行,英国全权专使额尔金在英国首相帕麦斯顿的支持下,竟下令烧毁圆明园。大火连烧了三个昼夜,使这座世界名园化为一片焦土。

10月13日,英法侵略军攻占了安定门,控制了北京城。

10月18日和19日,这伙强盗抢劫了万寿山、玉泉山和香山等几处属园中所藏的珍贵文物,并进行了第二次大焚烧。

这下,逃到热河的咸丰皇帝竟下谕"只可委曲将就,以期保全大局"。留守北京的奕䜣秉承此旨意,全盘接受英、法提出的无理条件,于10月24日和25日分别与额尔金和葛罗在礼部大堂交换了《天津条约》,并签订了中英、中法《北京条约》;11月14日又同俄国签订了中俄《北京条约》。这些丧权辱国的不平等条约,使中国的半殖民地程度进一步加深,也使中国人民的灾难更为深重了。

金字塔的来历

在古代埃及，流传着一个动人的传说：很久很久以前，有一位本领高强的法老，名叫奥西里斯。他教会了人们种植谷物、做面包、酿酒、开矿，因此人们很崇敬他。但是，他的弟弟塞特存心不良，阴谋杀死哥哥，夺取王位。

有一天，塞特请哥哥共进晚餐，并邀请了许多人作陪。进餐时，塞特指着一只美丽的大箱子对大家说："谁能躺进这个箱子，就把它送给谁！"奥西里斯被众人怂恿去试了一试。等他一躺进去，塞特立刻关上箱子，加了锁，把他扔到尼罗河里去了。

奥西里斯被害以后，他的妻子到处寻找，终于找回了尸体。这件事让塞特知道了，他半夜里偷走尸体，把它剖成十四块，分扔在各个地方。奥西里斯的妻子又从各处找到了丈夫尸体的碎块，就地埋葬了。

奥西里斯的儿子从小就很勇敢。他长大以后，打败了塞特，为父亲报了仇。又把父亲尸体的碎块从各地挖出来，拼凑在一起，做成了干尸"木乃伊"。后来在神的帮助下，父亲复活了，但不是复活在人间，而是复活在阴间，做了专门审判死人、保护人间的法老。

这个神话早先在民间流传,后来埃及法老便利用它来欺骗民众,说法老有神的庇佑,因此活着时是统治者,死后还是统治者。凡是反对法老的人,不仅在活着时会受到惩罚,死后也会受苦。

从此,每一个埃及法老死后,都要把奥西里斯的神话故事表演一遍。首先是举行寻尸仪式。第二步是举行洁身仪式,即解剖尸体,把内脏和脑髓取出,制成干尸"木乃伊"。方法是先把尸体浸在一种防腐液里,溶去油脂,泡掉表皮。七十天后,把尸体取出晾干,腔内填入香料,外面涂上树胶,以免尸体接触空气,然后用布将尸体严密包扎。这样,经久不腐的"木乃伊"就制成了。第三步是诵念咒法,为"木乃伊"开眼、开鼻、开耳、开口,把食物塞进它的嘴里。据说,这样它就能像活人一样呼吸、说话、吃饭了。最后是安葬仪式,把"木乃伊"装入石棺,送进它的"永久住处"——坟墓里去。

在埃及,最早的墓葬形式是在地上挖一个坑,再堆成一个沙堆。之后墓穴越挖越深,成为地下室,在地面沙堆周围砌成石墙。这种坟墓叫作"马斯塔巴"(意为石凳)。

到了公元前27世纪的埃及第三王朝,法老杰赛尔认为这种"石凳"作为法老的永久住所过于简陋。于是,他就叫建筑师修建了一座巨大的石砌的"马斯塔巴"。但法老还嫌它不够雄伟,又叫人在上面加了五个一层比一层小的"马斯塔巴",使它高达六十一米。它的下面,有一个很深的竖坑,可以通往地下的走廊和房间;周围还模仿王城,筑起一道围墙,墙内建筑了祭祀用的殿堂。这就是埃及的第一座塔形的陵墓。因为它的外形很像汉字的"金"字，所以我们中国人称它为"金字塔"。由于这座金字塔由下到上是一级一级的，所以人们又称它为"阶梯形金字塔"。

以后，历代的法老在位时都会给自己建筑金字塔，并且越建越宏伟。第四王朝的法老胡夫即位后，决心给自己造一个史上最大的金字塔。他强迫全体埃及人服这项劳役，每十万人组成一班，每班服役三个月，轮流替换。

工程开始了。成千上万的人被派到山里去运石头。据估算，每块石头重约两吨半，总共需要二百三十万块。这么多石块若在现代用火车装，需要六十万个车皮。可是当时根本没有机械的运载工具，怎么办呢？据说，勤劳而聪明的埃及劳工想出了一个很科学的方法：他们把石头放在木橇上，用人或牲畜来拉。可是载有很重石块的木橇在不平整的地上是拉不动的。于是他们又修建了一条运石块的石路。单单修这条路就花了十年时间。与此同时，另一批人忙着在工地上开凿地下甬道和墓穴。劳工们在又热又闷的甬道里，用青铜做的凿子凿开一块块岩石，又整整用去了十年时间。

开始砌金字塔了。当时没有起重机，甚至连一根铁杆也没有，怎样把这么多、这么重的石块垒起来呢？据说他们是先砌好地面的一层，然后堆起一个和这一层同样高的土坡，人们顺着倾斜的土坡就把石块拉上第二层。这样一层层砌上去，金字塔有多高，土坡就有多高。塔建成后，土坡变成了一座很大的山，人们又得把它移走，让金字塔显露出来。这个工程异常艰巨，每天有十万人在烈日暴晒和监工的皮鞭下劳作，整整花了十年。至于全部工程，则用了三十年！

胡夫金字塔是埃及所有金字塔中最大的一座。这座大金字塔原高一百四十六点五九米,经过几千年的风吹雨打,顶端已经剥蚀掉了将近十米。但在1888年巴黎建起埃菲尔铁塔以前,它一直是世界上最高的建筑物。这座金字塔的底面呈正方形,每边长二百三十多米,绕金字塔一周,差不多要走一公里的路程。塔身的石块之间,没有任何水泥之类的黏着物,而是将一块石头叠在另一块石头上面。石头磨得很平,至今已历时数千年,人们也很难将一把锋利的刀片插入石块之间的缝隙。

金字塔里共有三处墓室。从北面十三米高的入口进去,是一条不到一人高的甬道。沿甬道一直向下,走过约一百米,就到了一个长方形的石室。由于胡夫不满意这个墓室,于是又从下坡甬道的中途,另开了一条上坡甬道,一直通向"王后墓室"。在上坡甬道上端,又开辟了一条大走廊。过了大走廊有一座墓室,这就是安放胡夫石棺的地方,人们称它为"法老墓室"。

胡夫死后不久,在离他的大金字塔不远的地方,又建起了一座金字塔。这是胡夫的儿子哈夫拉的金字塔。它比胡夫的金字塔低三米,但有着完整壮观的附属建筑。塔的附近建有两座神庙。庙的西北方,有一座雕着哈夫拉的头部而配着狮身的大雕像,即所谓"狮身人面像"。雕像高二十多米,长约五十七米,一只耳朵就有两米高。除狮爪是用石块砌成之外,整个狮身人面像是在一整块天然的大岩石上凿成的。它至今已有四千五百多年的历史。

经过这两座大金字塔的建筑,埃及已经精疲力竭、民穷财尽。从这以后,其他法老虽然也建造了金字塔,但规模和质量都不能和上述金字塔相比。到公元前23世纪第六王朝以后,随着古王国的分裂和法老权力的衰落,金字塔的建筑逐渐消亡。从发展到衰落,金字塔的建筑前后延续了一千多年时间,总共建筑了七十多座金字塔,散布在尼罗河下游两岸吉萨及其以南的广大地区。后来,由于埃及人民的反抗和盗墓者的侵入,法老的"木乃伊"常常被从金字塔里拖出来,所以埃及的法老们也就不再建造金字塔,而是在深山里开凿秘密陵墓了。

一座座巨大的金字塔,至今还矗立在开罗近郊翻滚起伏的沙丘之中。它是古埃及悠久历史的见证,也是古埃及奴隶们劳动和智慧的结晶。

狮身人面像

哈夫拉金字塔旁边，有一尊高二十多米、长约五十七米的巨型雕像，仅雕像的一只耳朵就有两米高。雕像的面部为哈夫拉的形象，后脑部是一只鹰，身体却配上了巨大的狮子的卧姿，因而显得特别引人注目。这就是举世闻名的狮身人面像。由于它和希腊神话中的人面怪物斯芬克斯很相似，所以世人又称它为"斯芬克斯"。这座巨型雕像坐西向东，蹲伏在哈夫拉的陵墓旁。为什么哈夫拉要把自己雕凿成这样一个神怪形象呢？据说，埃及人在开采建造金字塔的石料时，预先留下了这样一块巨石。哈夫拉在巡视自己的陵墓工程时，吩咐工匠为他雕凿一尊石像。工匠别出心裁地雕凿了一头狮子，而以哈夫拉的面像作为狮子的头。在古埃及，鹰和狮子是人们最为崇拜和尊奉的动物。人们把鹰视为最高的神兽，称作荷拉斯，即太阳神；狮子代表着战神萨克米，是力量的象征，也是各种神秘地方的守护者，同时也是地下世界大门的守护者。所以说，狮身人面像体现了埃及法老至高无上的统治权与神源的力量，雕像从内容到形式都是为了展现这种神秘力量的。

也有些学者认为,狮身人面像是妖魔斯芬克斯的塑像,其依据是流传于埃及以至全世界的一则民间故事:相传有一个怪物,它长着美女的脑袋,狮子的身躯,还有两只翅膀,它是传说中巨人堤丰和蛇怪厄喀德娜所生的女儿之一,名为斯芬克斯。斯芬克斯生性残暴,最喜欢吃人肉。它长期驻守在古希腊中部的底比斯,盘坐在一块巨大的岩石上,对路过的底比斯居民提出各种各样的谜语。凡是猜不出谜语的人,都会被它撕碎吃掉,连国王克瑞翁的儿子也被吞食了。国王迫于无奈,只好公开张贴告示,宣布谁能除掉这可怕的怪物,谁就可以获得底比斯的王位,并可以娶他的姐姐伊俄卡斯特为妻。

后来,俄狄浦斯来到底比斯,他爬上山岩,见到斯芬克斯坐在上面,便提出愿意解答谜语。斯芬克斯说:"什么东西在早晨用四条腿行走,在中午用两条腿行走,到晚上用三条腿行走?"

俄狄浦斯答:"这是人啊!人在幼年,即生命的早晨,是个软弱无力的孩子,他用两条腿和两只手在地上爬行,这就等于四条腿;他到了壮年,正是生命的中午,当然只用两条腿走路;但到了老年,已是生命的迟暮,只好拄着拐杖,好像三条腿行走。"他猜中了。斯芬克斯羞愧难当,从山岩上跳下去摔死了。国王克瑞翁为了让人们记住这个恶魔,便在斯芬克斯经常出现的地方,即今天狮身人面像的所在地,用巨石刻出了斯芬克斯的雕像。

14世纪以来,狮身人面像遭到了很严重的破坏。科学家们认为是风暴挟带的沙石不断地击打,使狮身人面像遭到损毁。

还有一个流传广泛的说法是,18世纪末,法国皇帝拿破仑一世侵略埃及时,为了打开一个入口,便命令士兵用大炮轰击,结果狮身人面像的鼻子被炮弹轰掉,成了没鼻子的"丑八怪"。

石柱上的法律

1901年，一支有伊朗人参加的法国考古队，在伊朗的苏萨，挖出了一根黑色玄武岩的大石柱。这根石柱已经断成三截，但拼起来还是完整的。石柱高两米半，周长约一米半。它的上方，刻着两个人的浮雕像：一个坐着，右手握着一根短棍；另一个站着，双手打拱，好像在朝拜。石柱的下部，刻着许多像钉头或箭头样的文字。后来经过考证，才知道这并不是伊朗的古代文字——波斯文，而是早在五六千年以前由苏美尔人创造，而后为巴比伦人广泛使用的楔形文字。显然，这是古代波斯人征服巴比伦以后，千里迢迢地把这根巨大的石柱作为战利品带回了伊朗。

考古学家们又仔细考察了石柱上的文字。原来，这些文字全是法律条文，总共有二百八十二条，是公元前18世纪古巴比伦王国国王汉谟拉比颁布的《法典》。浮雕上的那两个人像，坐着的是太阳神沙马什，站着的就是汉谟拉比。这个浮雕，象征着汉谟拉比从太阳神那里接受了司法权力，来统治世人。至于太阳神握着的那根短棍，叫作"权杖"，是统治权力的标志。汉谟拉比是古巴比伦王国最强盛时期的一个国王,他统一了两河流域,自称为"宇宙四方之王"。

现在,当人们读着《法典》条文的时候,就好像又回到了三千七百多年以前的两河流域……

在炽烈的骄阳照射下,幼发拉底河畔的巴比伦城又闷又热。大地上尘土飞扬,灰尘一团一团地扑向人们,使人感觉更加干燥,甚至连嘴唇都要裂开了。但是,人们还是冒着酷热向前走着,一直来到一座四周种植着椰枣树的大屋子里。原来,这里今天法官要开庭审理案件。

"法官大人,他借了我的钱,至今不肯还,请大人明断!"一个肥头大耳的人诉说着。

"法官大人,我不是不想还,只是因为我妻子生了一场病,花了不少钱,一时间还不上,请大人宽恕几天!"一个骨瘦如柴的人回话说。

法官慢条斯理地摆了摆手说:"不要吵了!我问你们,还钱的期限到了没有?"

"已经过了三天!"胖子说着,挺起了腰板。

"只过了三天啊,我下个月一定还!"瘦子央求着。

法官又慢条斯理地问:"你老婆的病好了没有?"

"好了,好了!"瘦子回答。

"你最大的儿子几岁了?"

"十七,还小哪,刚刚十七岁。"瘦子有点惶恐了。

"啪!"法官一拍桌子,站了起来,"现在我宣判!"

胖子和瘦子都毕恭毕敬地站着聆听。

"根据汉谟拉比陛下颁布的《法典》第一百一十七条规定,

欠债到期不还,责令其妻子和儿子两人到债主家里充当奴隶三年,第四年恢复自由!"

胖子高兴地笑出声来。瘦子跪在地下哭泣哀求:"法官大人,饶了我吧,我下个月一定还清!"

"滚下去!"法官怒喝了一声。

两人走出了法庭。人们还能隐约地听到瘦子的哭声。

过了一会儿,一个身强力壮的汉子推着一个浑身被捆绑的人走了进来。

"大人,我抓到了一个私逃的奴隶!"那汉子报告说。

法官把头侧向旁边的官吏:"你去检验一下!"

官吏走下座位,来到被捆绑的那个人面前,伸手揭开了他的帽子,额上露出了一个圆形的烙印。

"他有烙印,是个奴隶!"官吏向法官禀报说。

法官慢吞吞地站了起来:"根据汉谟拉比陛下颁布的《法典》第十七条规定,被抓到的奴隶应归还原主,抓到逃奴的自由民有赏。好,赏他两个舍克勒!""舍克勒"是白银的单位,当时一舍克勒白银可买大麦一百二十公斤,或上等植物油两公升。

官吏前来要带走那个逃奴,不料被他撞了一下。那个被捆绑的逃奴虽然两手被束缚着,但他的怒火是无论如何束缚不了的。他双目圆睁,怒不可遏地说:"这是什么法律!"

"带下去!"法官尖叫一声。

又有两个人争吵着走进了法庭。

"法官大人,他打瞎了我家奴隶的一只眼睛,我要他赔!"一个矮个儿向法官告状说。

"法官大人,我愿意赔给他半个奴隶的价钱,可他不同意,想借机敲诈我!"那个高个儿辩驳道。

"大人,打瞎牛的一只眼睛也要赔一半的价钱呢,他打瞎的可是一个人呢!他应该赔整个奴隶的钱,不然我太亏了!"矮个儿补充道。

"混蛋!"法官不耐烦地喊了起来,"你真想敲诈吗?根据汉谟拉比陛下颁布的《法典》第一百九十九条和第二百四十七条规定,打瞎奴隶的眼睛和打瞎耕牛的眼睛一样处理。你们统统给我滚!"

矮个儿和高个儿刚刚走了出去,又进来了两个老头。其中一个拄着拐杖,另一个留着长胡须。

拄拐杖的指着长胡须的老头说:"他阴谋害死我,请法官大人明鉴!"

"根本没有这回事!"长胡须的老头辩白说。

"算了!算了!"法官已经感到厌倦,回头对身旁的官吏说,"你把他们都拉到河边去。根据汉谟拉比陛下颁布的《法典》第二条规定,把被告推到河里去。如果他沉下去,说明他有阴谋杀人的企图,财产没收,分给原告;如果他浮上来,说明他没有阴谋杀人的企图,宣布无罪。"

"这怎么行?把我推到河里不是要淹死我吗?"长胡须的老头愤愤不平,同时又惶恐万分。

"执行!"法官一拍桌子尖叫起来。

官吏把长胡须的老头拉了出去,拄拐杖的老头也跟着走了。

"这是什么判决?"一个旁观者不满地说。

"不去调查调查,就让河水判决了?"另一个旁观者听得目瞪口呆。

法官站了起来,板着脸高喊着:"你们要造反吗？我全部根据陛下的《法典》办事,你们还敢议论!"他对旁边的官吏挥了挥手,大叫一声:"退庭!"

法庭上的人一哄而散。

…………

汉谟拉比《法典》是两河流域阶级社会第一部完备的成文法典,内容包括诉讼手续、盗窃处理、租佃雇佣关系、商业高利贷关系、债务、婚姻、遗产继承、奴隶等,比较全面地反映了当时的社会情况。那根记载古代巴比伦汉谟拉比《法典》的石柱,现在还保存在法国巴黎的卢浮宫博物馆里。

佛教始祖释迦牟尼

你到过北京的西山吗？那里有一座著名的卧佛寺，寺里有一尊很大的铜铸佛像。它身长五米多，重好几万斤。特别的是，佛身侧卧，右手撑头，目光慈祥，仪态庄重，周边还围着十二尊小的铜佛。卧佛似在病中不倦地对弟子们谆谆教诲。除了北京卧佛寺以外，全世界每个有佛教的国家，都有同样形状的卧佛塑像。这个卧佛是谁？他，就是佛教的创始人释迦牟尼。

释迦牟尼诞生于公元前565年4月8日。姓乔达摩，名悉达多。他的父亲是印度半岛北部的一个小国（今尼泊尔境内）的国王。根据当地的风俗，婴儿要出生在外婆家里。释迦牟尼的母亲怀孕以后，准备回娘家去生育，她大着肚子路过一个花园，在树下休息时生下了这位王子。他母亲从此得了病，七天后就去世了。所以，释迦牟尼是由他姨母抚养长大的。这个孩子从小就喜爱学习，文学、哲学、算学，样样精通。同时，他又喜欢武术，骑马、射箭、击剑，他全娴熟。他的父亲非常高兴，决定将来把王位传给他，并且希望他光宗耀祖，成为一个"转轮王"——统一天下的君王。

然而,释迦牟尼对权势半点兴趣也没有。他满脑子想的全是人世间的种种不平:为什么在印度要把人分成四等?为什么白种人要统治其他肤色的人?为什么混血儿是人人唾弃的"贱民"?

一次,他乘车出游,看见田野里的农民正在烈日下种地。他们一个个面黄肌瘦,汗流浃背,流露出又饿又渴、又困又累的神情。那头正在耕地的老牛,更是疲惫无力,前面有人拉着穿在它鼻子里的绳索,后面有人用鞭子狠狠地抽打。老牛痛苦地摇晃着双角,气喘吁吁地拉着入土很深的犁头,慢慢地朝前走着。

"苦啊!"释迦牟尼不觉脱口而出。

在释迦牟尼的脑海里,翻腾起阵阵波澜:人世间为什么会有生、老、病、死种种痛苦?怎样才能摆脱这些痛苦呢?他读了许多书,都不能回答这个问题。后来他知道,权力再大的国王也不能解决这个问题。于是,他决心放弃王位的继承权,去出家修道。

"这孩子疯了?他还不到二十呢!"国王听到这个消息后吃惊地说。为了防止儿子出家,国王想方设法,让邻国年轻貌美的女王嫁给了释迦牟尼。他对儿子说:"你看,今后这两个国家的一切都归你所有了,难道你还不满足吗?"

一年以后,释迦牟尼有了一个儿子。但是,巨大的权势、奢华的生活、美丽的娇妻以及可爱的儿子,都不能阻挡他出家的决心。二十九岁那年的12月8日深夜,释迦牟尼悄悄地骑马奔出都城,到了别国的森林里。他换掉王子的衣服,剃掉自己的头发,做了一个修道者。

老国王不见了儿子,急得要命,派了五个人出去寻找,终于在森林里找到了释迦牟尼,但他坚决不肯回家。释迦牟尼寻访了三个有名的学者,向他们学习哲学;之后又到深山老林里跟随苦行僧学道。就这样,他苦修了六年,连澡也不洗,但始终没有找到解决人间痛苦的办法。

一天,他走到一条河边,决心下去洗个澡,把六年来积在身上的污垢统统洗净。河边牧牛的姑娘看到这种情景,给他喝了许多牛奶,释迦牟尼终于恢复了元气。他走到一棵菩提树下,在地上铺了吉祥草,面向东方,盘膝而坐,对天发誓:"如果我不能彻底觉悟,宁可粉身碎骨,也决不从这个座位上起来!"就这样,他在菩提树下冥思着解脱人间痛苦的答案。

在他三十五岁这一年的2月8日夜间,当一颗明亮的星星从东方升起的时候,他突然想通了这个道理,创立了佛教。这棵菩提树的遗迹,现在在印度的比哈尔省。

从此,释迦牟尼走遍了印度半岛,向人们传授着佛教的教义,据说他还跑到了锡兰和缅甸。佛教的教义是,反对把人分成等级,反对不平等的现象,同情不幸的人们。同时,宣传因果报应,认为这世做了善事,后世就有好报;这世做了坏事,后世就有恶报。释迦牟尼的这些主张,有积极的一面,也有消极的一面。他还主张用自我解脱的办法来消除烦恼,否定斗争。这种主张对奴隶主和封建统治者当然是有利的,所以历代统治阶级往往都会利用它。

公元前485年,释迦牟尼快要八十岁了。他又老又病,但还在到处传教。2月15日这天,他来到一条河边,病情加剧,他知道自己不行了,就到河里洗了个澡。弟子们在几棵娑罗树之间架起了一张绳床,释迦牟尼侧身而卧,枕着右手,谆谆地教导弟子们,不要因为失去导师而自暴自弃,而要以佛法为指导,努力前进。说完,他就逝世了。后来,人们为了怀念他对弟子的苦心教导,就在寺庙里塑了释迦牟尼的卧像,并把释迦牟尼诞生的那天(4月8日)称作"浴佛节",把他修道的那天(12月8日)称为"腊八节"。

释迦牟尼的遗体火化以后,骨灰结成若干颗粒,佛教把这种颗粒叫作"舍利"。后来,八个国王分取舍利,把它珍藏在特地建造的高塔中供奉,以表示对释迦牟尼的景仰。这种塔用金、银、玛瑙、珍珠等七种宝物装饰,人称"宝塔"。

公元1世纪时,佛教传播到中国汉族地区,之后,再从中国传播到朝鲜和日本。然而,在公元8世纪以后,印度的婆罗门教重新崛起,改名为印度教,佛教在印度渐渐衰落。但是,佛教作为世界三大宗教之一,依然受到全世界的重视。在北京西山灵光寺的宝塔里,据说藏着释迦牟尼的一颗牙齿,人们把这座宝塔称为"佛牙塔"。

《荷马史诗》

希腊联军攻陷特洛伊城的战争,发生在公元前12世纪。它传奇式的情节,深深地触动了希腊人民的心,在广泛的流传中,逐渐加进了不少神话和传说,又经过民间艺人一代又一代的加工,特洛伊战争的故事竟然发展成了两篇精彩的神话长诗。据说,到了公元前8世纪,希腊著名的盲诗人荷马,对这两篇长诗做了进一步的精心提炼,终于形成了两大巨著——《伊里亚特》和《奥德赛》。"伊里亚特"是"特洛伊"的译音,这首长诗共一万五千多行,描写了特洛伊战争的十年。"奥德赛"是希腊英雄的名字,这首长诗共一万两千多行,描写奥德赛回国途中的十年。这两首长诗,就是誉满全球的古希腊艺术珍品——《荷马史诗》。

《伊里亚特》着重描绘了希腊英雄阿喀琉斯的伟大形象,而作者的笔触,着重放在了战争第十年的一个事件上。

在进攻特洛伊城时,希腊联军的主将阿喀琉斯英勇善战,屡立奇功。当战争进入第十个年头,希腊联军的统帅阿伽门农,夺走了阿喀琉斯心爱的女奴。阿喀琉斯恼怒万分,坚决拒绝参战,准备把他的队伍带回希腊。主将不出战了,特洛伊人乘机反攻,把希腊联军从特洛伊城下一直赶到海边。

希腊人连忙在海边筑起了工事,抵挡特洛伊军队。阿伽门农不得不向阿喀琉斯道歉,送给他许多财宝,并且许诺给他几个城市。但是,阿喀琉斯仍然不愿同阿伽门农合作。

特洛伊人的第二次进攻开始了。他们突破希腊人的防御工事,放火焚烧了希腊的军舰。阿喀琉斯眼看情况紧急,马上拿来自己的盔甲,让好友帕特洛克罗斯穿上,并将自己的战车给他让他乘着去应战。特洛伊人以为是希腊英雄阿喀琉斯来了,吓得纷纷向后退去。帕特洛克罗斯冲上前去,杀了特洛伊联军的主将,大获全胜。

特洛伊王国的王子赫克托尔,是一位智勇双全的将领。经过仔细的观察,他发现穿着阿喀琉斯盔甲的那个希腊将领,并不是阿喀琉斯本人。他出其不意地奔上前去,把帕特洛克罗斯杀了,将阿喀琉斯的盔甲从尸体上剥了下来,并且拿走了阿喀琉斯的盾。特洛伊军队士气大振,在赫克托尔的率领下,杀声震天,直向希腊人扑来。

情况紧急到了顶点。阿喀琉斯再也按捺不住了,他决定同阿伽门农和好,重新参战。阿喀琉斯身先士卒,挥矛上阵,把特洛伊军队打得大败,而且亲手杀了特洛伊王子赫克托尔。为了报复,他将赫克托尔的尸体绑在战车后面,拖在地上,绕了特洛伊城三周。

当天晚上,特洛伊国王悄悄地潜入阿喀琉斯的军营。他跪在阿喀琉斯的面前,老泪纵横,要求赎回他儿子赫克托尔的尸体。阿喀琉斯非常同情这位满头白发的老人,双手将他扶起,答应了他的请求,立即命令士兵将赫克托尔的尸体洗涤干净,用香油涂抹后交由老国王带走,并且约定,在老国王给儿子举行丧礼期间,双方停战十二天。

十二天以后,战争再起,特洛伊的那个花花公子帕里斯,借助神的力量,用暗箭将阿喀琉斯射死了。据说,要杀死阿喀琉斯是非常难的。在阿喀琉斯还是小孩子的时候,他母亲把他放到地下王国的魔水里沐浴。浴了地下王国的魔水,人就可以刀枪不入。可是,阿喀琉斯沐浴时母亲握住了他的脚跟,这个没有被魔水浸过的部位,是他最容易受伤的地方。帕里斯用箭射穿了他的脚跟,英雄阿喀琉斯就牺牲了!所以,直到现在,欧洲人还把"致命伤"叫作"阿喀琉斯的脚跟"。

奥德赛是希腊伊色卡岛的国王,也就是那个想出"木马计"的希腊将领。长诗《奥德赛》着重描写他回国途中的传说。

希腊联军在特洛伊城内大肆屠杀和掠夺之后,回国途中触怒了天神。天神掀起了大风暴,大多数军舰都沉没了,许多人淹死在大海里。剩下的少数人,由奥德赛带领着,在海上漂泊。奥德赛坚持着回家同妻子团聚的信念,经历了千辛万苦:战胜狂风恶浪,智斗吃人妖精,拒绝女巫求爱,在海上整整漂泊了十年。

好容易回到了家乡,可是,从养猪倌的口里,奥德赛听到了一件令人气愤的事:当地的贵族恶少,一个接着一个地跑到奥德赛家里,向他的妻子求婚。因为奥德赛的妻子是王后,同她结婚,就能取得统治国家的权力。这些人都说国王奥德赛不会回来了。奥德赛的妻子拒绝了他们,因为她坚信奥德赛会回来的。可是这些恶少并不甘心,成群结队地到奥德赛家里大吵大闹,天天在那里大吃大喝。

奥德赛得知这个情况后,打扮成一个年老的乞丐,找到了他的儿子。父子俩齐心协力,设法除掉了所有在他家中胡作非为的贵族恶少。

原来,奥德赛回家的第二天,是太阳神阿波罗的纪念日。奥德赛的妻子为了摆脱这些恶少的纠缠,想出了一个办法:谁能把奥德赛的弓拉开,并且发箭射穿十二个斧柄孔,谁就有求婚资格。那些恶少都是不学无术的花花公子,没有一个能有这么高强的武艺。这时,化装成年老乞丐的奥德赛上来了。恶少们都不许他进行比试,可是奥德赛的儿子却把弓给了他。奥德赛轻而易举就弯弓射穿了十二个斧头的柄孔,赢得了胜利。接着父子俩和两个仆人一起,把所有贵族恶少都杀了。这些恶少的家属联合起来向奥德赛报仇,但由于神的帮助,奥德赛还是胜利了。他不仅和妻子团聚,而且重新做了国王。

《荷马史诗》内容曲折离奇,语言瑰丽多彩,是古希腊艺术史上的一颗明珠,也是全人类共同的艺术瑰宝。

马其顿的年轻统帅

马其顿国王腓力二世买了一匹未经驯化的烈马,决定在城郊广场上试试。这一天,天气晴朗。在众多侍从的陪伴下,国王来到了练马场。

国王站在看台上,抽出一把闪亮的宝剑,说道:"谁能最先驯服这匹马,我就把剑送给他!"

"我来!""我来!"十几名骑手争先恐后地叫起来。国王指定,由卫队长先试。

卫队长握住缰绳,跳上了马背。只见烈马一声嘶鸣,四蹄乱踢,刹那间把卫队长摔了下来。

全场一阵哄笑。接着,又一名骑手上场,但被摔得更惨。一个个优秀骑手都试过了,全部失败。国王把宝剑往鞘里一插,无精打采地说:"把马牵走!"

"爸爸,别忙……"突然,国王十二岁的儿子亚历山大飞速地跑到父亲跟前,"这是一匹多好的马,就因为他们胆小给糟蹋了!"

"你这孩子能驯服得了?怎么能讥笑长者!"

"只要您允许,我一定能驯服它!"

在场的人都笑了起来。谁知国王竟同意了。

亚历山大勇敢地走近骏马,抓住马缰绳,把马头转过来朝着太阳。因为他刚才已经注意到,马在阳光下害怕自己的影子。然后又轻轻地抚摩和拍打着马。突然,他纵身一跃,跳上了马背。马儿顿时竖起前蹄,开始打转。可是尽管它四蹄乱踢,小骑手却坐得很稳。突然,骏马像箭一般地向前飞驰,顷刻之间在人们的视线中消失了。国王和在场的人都焦急万分,担心这孩子凶多吉少。可是没过多久,只见亚历山大坐在汗流浃背的骏马上,回来了。他神情自若地随意拉着缰绳,那烈马竟十分驯服地听从他的驾驭。看着这一切,全场的人都惊呆了。

从此,腓力二世更喜欢亚历山大了,特地聘请希腊著名的学者和哲学家亚里士多德来教育他。亚里士多德努力使他的学生热爱和敬仰希腊文化。伟大的《荷马史诗》成为亚历山大最喜爱的作品。他的枕头下经常放着诗卷《伊利亚特》。他一心想仿效诗中的英雄阿喀琉斯,为马其顿建立丰功伟绩。

公元前338年8月,国王腓力二世决定出兵征服整个希腊。为此,他专门设计了一种新的阵法,叫"马其顿方阵"。临出征时,腓力二世对亚历山大说:

"我已经老了,没有几仗好打了。你给我好好练习新的阵法,今后好接替我的事业。"

亚历山大反问道:"爸爸,您为什么不能让给我一点?"

"这话是什么意思?"

"这次您去攻打雅典,将来还要去打波斯、印度……全给您一人打光了,我还有什么可打?"

腓力二世哈哈大笑道："有志气！好，这一次就跟着我去吧！"

亚历山大被任命为马其顿军队副统帅。这时他才十八岁。

当马其顿军队到达希腊中部喀罗尼亚城附近时，遇上了希腊各城邦的联军。就在这里，双方展开了一场大决战。马其顿军队在黎明前排好了方阵。士兵们列成长达十六排的纵队，每个士兵都被遮住全身的巨盾和长达五米的长矛武装起来。后排的士兵把他们的长矛放在前排士兵的肩上。这样，前排的士兵就得到了好几排向前伸出的长矛的保护，整个方阵行动起来像一个整体。方阵分左右两翼，腓力二世亲自指挥右翼，左翼由亚历山大指挥。

决战中，双方相持很久，不分胜负。但是，首先取得胜利的是亚历山大。他指挥的左翼军队，给了当时被认为无敌于天下的底比斯人的"神圣部队"以致命的打击。而他父亲腓力二世那一边，却遭到了失败。联军突破了马其顿的方阵，对它进行紧压。但是联军被胜利冲昏了头脑，指挥官大声喊着："跟我来，把马其顿人赶出去吧！"一阵冲锋，却搞乱了自己的队伍。在高处观战的亚历山大当机立断地说："他们是不会胜利的！"他迅速帮助父亲改变方阵的队形，向联军反扑过去。结果联军溃败，腓力二世大获全胜。这一仗，决定了希腊人的命运。第二年，腓力二世在科林斯召开全希腊会议，宣布自己是希腊军最高统帅，从而确立了马其顿在希腊各城邦中的领导地位。

公元前336年，腓力二世在参加他女儿婚礼时被刺身亡，亚历山大继承王位。这年，他才二十岁。

一天，亚历山大召见刚从雅典回来的特使，问他那里在腓力二世死后有什么反应。特使支支吾吾地不肯明说。亚历山大拔出宝剑大喊道："你不说实话,小心你的脑袋！如实说来,定有重赏！"

"是,"特使战战兢兢地说,"雅典人听到先王去世的消息,都幸灾乐祸。德摩斯梯尼身穿节日服装,头戴花环,在雅典会议上祝贺这个'好消息'。他甚至轻蔑地把陛下称作'小孩儿'……"

"哈哈……"亚历山大大笑起来,"我已经不小了。等我的大军兵临城下的时候,他们就知道我的厉害了！"说着,把宝剑一挥,"来人！准备出发！"

很快,亚历山大的军队悄悄地开到了底比斯城附近。那时,底比斯已经开始了公开反对马其顿的起义。亚历山大包围了底比斯城后,命令他们立即交出起义领袖。底比斯人拒绝了,并希望接受过希腊学者亚里士多德教育的亚历山大,不要毁灭这个希腊最古老的光荣城市。然而,亚历山大还是把底比斯城变成了一堆瓦砾,全城居民都被变卖为奴隶,连历史古迹和著名学者也没放过。当雅典投降派首领厄斯启尼率领使团来求见亚历山大,请他宽恕时,亚历山大抚摸着对方的头,笑着说："你们不是说我是'小孩儿'吗？又何必来找我呢？"

厄斯启尼低着头说："不,不敢,不敢,那是德摩斯梯尼的浑话,我们全雅典城欢迎陛下驾到……"

"欢迎我,好,"亚历山大漫不经心地说,"那就这样啰,照父王的办法做,在科林斯重新召开全希腊会议！"

一个月后,科林斯会议又召开了。希腊各城邦都派人来朝见亚历山大。亚历山大宣布自己是希腊-马其顿联军的最高统帅。

从此以后,亚历山大的侵略野心越来越大。公元前334年春,亚历山大亲率三万五千军队和一百六十艘战舰,开始了对东方波斯的远征。出师前,亚历山大把他所有的地产收入、奴隶和畜群分赠给他人。

"请问陛下,您把全部财产都分掉了,那把什么留给自己?"一位大将不解地问道。

"希望!"亚历山大说,"我把希望留给自己,它将给我无穷的财富!"

大将们都被这位年轻国王的决心所感染,纷纷效法,决心到东方去掠取更多的财富。

途中,远征军占领了小亚细亚一座古老的城市,有人请亚历山大观赏一辆神话中皇帝的战车。车上有一个用套辕杆的皮带纠缠起来的奇怪的结子。据说皇帝有过预言:谁能把结子解开,谁就会占领整个亚洲。亚历山大试图解开结子,但没有成功。可是他毫不介意,举起父亲送给他的那把宝剑,一下就把结子割成两半;随即,把宝剑一挥,叫道:"管它什么结子,让亚洲在我的剑下屈服吧!"

"狼孩"与罗马城

继希腊之后称霸地中海的是罗马。古罗马的首都,就是现在意大利的罗马城。当我们走进罗马博物馆时,可以看到一座很奇特的青铜像:一头母狼张嘴露牙,警惕的眼睛注视着前方,腹下有两个男婴,正咬着母狼的乳头吮奶。这座青铜像存在了四百多年,可是它所讲述的,却是遥远的古代传说。

故事大约发生在公元前8世纪。

那时,在意大利中部台伯河出海口附近,定居着一群从特洛伊流亡到这里来的人。台伯河两岸布满了森林,阳光灿烂,土地肥沃。人们在海岸处建立了一座城镇,名叫亚尔巴龙伽。

亚尔巴龙伽国王有个弟弟,名叫阿穆留斯。他生性残暴,野心很大,后来取代了他哥哥的统治。阿穆留斯掌权后,生怕他哥哥的后代会报仇,夺走他的权力,因此下令杀死了他的侄子,并且强迫侄女去做祭司。按照当时的规定,担任祭司是不能结婚的。阿穆留斯以为这样一来,就能绝他哥哥的后,也就再没人向他复仇了。

可是不久后就传来了一个可怕的消息:那个当祭司的侄女

竟生下了一对孪生儿子！阿穆留斯立即下令,把当祭司的侄女处死,并将两个婴孩扔到台伯河里去。

有个奴隶奉命去扔孩子。他把孩子装在篮子里,拎到一个名叫帕拉丁的山冈。这时台伯河正在泛滥,河水不断上涨。奴隶把篮子放在山冈下的河岸上就走了。他想河水马上就涨高,会把孩子冲进河里淹死的。

河水果然汹涌地上涨了,可是孩子并未被冲走,因为篮子被河边的树枝挂住了。不久河水退去,孪生子从篮子里落到地上,咿咿啊啊地啼哭起来。

这时,正巧一头母狼来到河边喝水。它听到哭叫声,便奔到孩子们身边。说也奇怪,母狼不仅没有伤害这对可怜的孪生子,而且还慈爱地低下头,用长长的舌头舐干了孩子们的身体,并用自己的奶喂养了他们。

这件奇事被一位牧人发现了。他把这对孪生子带回家去抚养,还给他俩起了名字,一个叫罗慕路斯,一个叫勒莫。不久,这位牧人打听出来,这对孪生子正是被新国王处死的那个女祭司生的。为了保证孩子们的安全,他决定让孩子们隐姓埋名。

兄弟俩长大后,各自练就了一身好武艺,逐渐为周边的人们所爱戴。牧人、流浪者甚至逃亡奴隶都纷纷投奔到他们这里来。有一次,他们和另一群牧人发生了冲突,勒莫被对方抓住,押送到一位老人那里。老人看到勒莫出众的仪表,不禁大为惊讶,好奇地问:

"年轻人,能不能告诉我你的出身以及你的父母是谁?"

勒莫见面前这位长者态度和蔼,不像要加害自己,便从容地说:"在这决定我生死的时刻,我可以告诉你,我和哥哥罗慕路斯是孪生兄弟,我们的出身非常神秘。据说我们一生下来就被扔给鸟兽,可是鸟兽不但不吃我们,反而养活了我们。当我们被扔在大河边上的时候,母狼拿自己的奶来喂我们……"

老人听了几乎昏厥过去,原来他就是被撵下台的亚尔巴龙伽国王。眼前这个漂亮的小伙子,竟是被自己残暴的弟弟下令扔到台伯河里的外孙!他不禁扑上前去,紧紧搂住勒莫,哭着喊道:"我的孩子!我的孩子!"

再说,养育孪生兄弟的牧人知道勒莫被抓以后,就把他俩的身世之谜原原本本地告诉了罗慕路斯。罗慕路斯听了,立即带着队伍向亚尔巴龙伽进发。他决心除掉阴险毒辣的阿穆留斯,为自己的母亲和舅父报仇。一路上,痛恨阿穆留斯的人们纷纷加入他的队伍。在勒莫的配合下,起义的队伍终于杀死了阿穆留斯。弟兄俩把政权交还给了自己的外公。

孪生兄弟在完成了这番事业之后,并不打算留在外公那里。他们决定带领跟随他们的人,去建立一座新的城市。这座新城的地点,正是从前台伯河洪水退去时把他们留下的地方——帕拉丁山冈。

但是,用谁的名字来命名新城呢?城壕从哪里开始呢?谁做这里的统治者呢?兄弟俩发生了争执。最后两人达成了协议:借飞来的鸟来卜问神的旨意。他俩各坐一方,等候吉兆。不一会儿,勒莫先看到六只飞翔的鹞子;又过了一会儿,在闪电和雷声中,有十二只鹞子从罗慕路斯身边飞过。勒莫说神鸟先向他显现,他赢了;罗慕路斯却说他是统治者,因为从他身边飞过的神鸟数量多。这样一来,争执更激烈了。

罗慕路斯开始挖掘环绕新城的城壕。勒莫不仅嘲笑他,而且跳过了罗慕路斯的壕沟和土堤。罗慕路斯再也忍不住了,一怒之下杀死了自己的兄弟,他站在尸体上喊道:"谁敢再越过我城市的城墙,这就是下场!"没有人敢来冒犯罗慕路斯,他成了新城的最高统治者。这座新城就用罗慕路斯的名字来命名,叫作罗马城。传说这件事发生在公元前753年的4月21日,因此古罗马人把这一天作为开国的纪念日。

罗马城逐渐发展起来,可是城里的妇女很少。为了增加人口,罗慕路斯一方面乐于接受逃亡者或从其他城市流放出来的人定居罗马,一方面派出人员到附近各部落去,请求他们把姑娘嫁到罗马来。可是邻近的部落都拒绝了这个请求。

聪明的罗慕路斯想出了个办法。他向邻近的部落宣布:不久罗马将要举行一次盛大的节庆,欢迎大家前来参加。节庆的日子终于来到了,城里一片欢腾。这一天,萨宾人的部落来的人特别多,而且大多带着妻女一起来。正当人们的注意力被有趣的游戏吸引住的时候,罗慕路斯发出了一个预定的信号。顿时,罗马青年冲进了来宾队伍中,每人抢了一个萨宾姑娘带回家去。萨宾人觉得受了奇耻大辱,他们怒气冲冲地退出罗马城,发誓一定要报复背信弃义的罗马人。就这样,罗马人和萨宾人之间开始了相互残杀。

萨宾是一个尚武的部落。不久,在他们首领的率领下,大军逼近罗马城。就在城旁两个山冈的峡谷中,罗马人和萨宾人进行了一次决定性的会战。战斗十分激烈,成批的勇士在刀砍箭射之下倒在地上,战场上一片血雨腥风。

突然,一个奇特的场面出现了:在铿锵的刀剑碰撞声和嗖嗖的射箭声中,传来了妇女们尖厉的号哭声。接着,从山冈上奔下来无数之前被抢去的萨宾妇女。她们披头散发，泪流满面，怀里还抱着吃奶的婴儿。妇女们跟跟跄跄地冲到厮杀着的勇士队伍中，苦苦哀求自己的父兄或丈夫停止残杀，不要使他们成为孤儿和寡妇。

罗马人和萨宾人手中的刀剑和弓箭停了下来。她们的出现打动了勇士们的心，终于使他们停止了残杀。双方的首领签订了和约。从此，这两个部落合二为一，世世代代居住在罗马城……

其实，最早的罗马城是通过联合、归并附近村落的方式而逐渐形成的。后来称为罗马的这块地方，位于台伯河左岸，离海约二十五公里。这里土壤肥沃，适宜培植各种谷物，便于发展畜牧业。约从公元前10世纪初，这里出现了原始村落群。经过不断合并，到公元前5世纪至公元前4世纪，条件成熟才建筑城墙，开出广场，逐渐形成早期的罗马。上面的故事虽然是一个传说，却表达了罗马人民对族群历史的深厚感情，反映了罗马祖先创业的艰难，因而它长期流传在罗马人民之中。

白鹅的功勋

一天上午,从罗马内城卡庇托林山冈上,缓缓走下一列祭神的队伍。队伍里出现一个饰有花环的木笼,笼子里有一只白鹅。它颈上戴有装饰华丽的项圈,身上披挂着彩带。人们一见白鹅,立即欢呼起来,向它表示敬意。

罗马人为什么如此敬重白鹅呢?这里还有个关系到罗马存亡的故事哩。

在公元前4世纪末的时候,罗马已经相当强大了。它征服了意大利的中部,许多部落都对它俯首称臣。但是,在它西北部的高卢人,却不住地南侵。高卢人个子矮小,体格强壮,头发蓬乱,喜欢绣花衣,颈戴金项圈。他们作战十分勇敢,受了伤也不退缩。后来,他们向克鲁新城发动进攻。克鲁新城在罗马西北约二百公里处,不久前刚与罗马订有盟约。他们抵挡不住高卢人的进攻,便向罗马告急。

罗马元老院得悉以后,派了三个使节去见高卢人的首领布林,希望他们退兵,但是遭到了拒绝。第二天,这三个使节违反了外交惯例,直接帮助克鲁新城方面攻打高卢人。其中的一个,还亲手杀死了高卢人的一个酋长。这就闯下了大祸。

高卢首领布林立即挑选了几个身材高大的人作为使节,到罗马向元老院提出抗议,并要求把这三个罗马使节交给他们来惩治。罗马方面不仅拒绝了这个要求,而且把那三个使节都选为下一年的军事保民官。这是一种人身安全受到保护的特殊官职,权力很大,甚至可以否决元老院或执政官的决定。布林认为这是对他的侮辱和挑衅,便率领七万大军,向罗马发动进攻。

高卢人进军神速,在离罗马不远的一条小河——阿里河注入台伯河的地方,与迎击的罗马军队展开了激战。高卢人骁勇善战,光着头猛烈冲锋,一下子就把罗马军队的左翼压到了河里。一部分罗马士兵狼狈地逃回城内,慌乱中连城门都忘了关闭。

骄傲的罗马军队从来没有遭到过如此的惨败。后来,他们就把阿里河败绩的那一天——公元前390年7月18日,作为罗马的国耻日。

溃军退入城内后,一部分居民从另外的城门撤离到城外去,一部分军队和年轻的元老,决定坚守内城卡庇托林山冈的要塞,以待援兵。大约有一百位年长的元老,不愿离城避难。他们身穿节日的盛装,来到中心广场,庄重地坐在象牙圈椅上,准备以身殉城。

第二天,高卢人通过洞开着的城门,未受任何抵抗地进入了罗马城。街上空旷无人,家家门户紧闭,像一座死城。他们冲到中心广场,突然见到许多老头儿手持长长的圣杖,凝然不动地坐在椅子上。高卢人走到他们面前,他们中没有一个人站起来,也没有一个人改变脸色。这使高卢人很惊讶,以为这些老头儿都是雕像。有个高卢人小心翼翼地碰了碰一个元老的下巴,又拉了下他长长的胡子,元老突然愤怒地举起圣杖打了这个高卢人的头。高卢人这才知道他是活人,一剑把他刺死。其他高卢人也纷纷对广场上的元老动了手。随后他们开始大肆抢劫和焚烧,几天之内,罗马成为一片烧焦了的瓦砾场。

尽管高卢人攻进了罗马,可是他们始终未能全部占领它。因为城中之城——卡庇托林山冈还在罗马人手里。这座山冈陡峭险峻,一边是悬崖绝壁,易守难攻。高卢人在经过多次进攻失利以后,决定改变战略,实行长期围困策略,用饥饿来迫使罗马人投降。

卡庇托林山冈虽然被围,但是城外的援兵仍然在设法与山冈上的元老们取得联络。一位勇敢的青年在深夜摸到了山冈悬崖绝壁的一面。高卢人以为这里高不可攀,因此没有设防。而这个青年就冒着随时可能坠落的危险,爬上了峭壁。不幸,有几个高卢人在峭壁下偶然发现了有人攀登的痕迹。当天晚上,布林立即挑选了一些最敏捷、最勇敢的高卢人,准备循着青年攀登的路线,爬上悬崖,一举攻下山冈。

夜深人静,伸手不见五指,高卢人手拉着手,悄悄地攀上峭壁。山冈一片沉寂,不仅卫兵,就连狗也没有发觉高卢人的动静。眼看高卢人就要爬到山顶了,突然,在万籁俱寂的夜空中,响起了"嘎——嘎——嘎——"的鹅叫声。这些鹅,是罗马人奉献给山上女神庙的。山冈上虽然食物很缺乏,但大家还是养着它们,当然也不可能喂得很饱。这些饥饿的白鹅变得敏感而且容易受惊,一听到高卢人逼近的声音,就都惊叫起来。

白鹅的惊叫声唤醒了退任执政官曼里。他一个箭步奔向悬崖,用盾牌把刚踏上山顶的第一个高卢人推到了深渊里,接着用剑刺进了第二个高卢人的胸膛。倒下去的高卢人坠落时又挂倒了好几个人。这样就为罗马人赢得了时间。听到白鹅叫声的罗马士兵纷纷赶来,用长矛、石头和投枪把高卢人打下深谷。山冈保住了。

黎明时分,山冈的守卫者们被召集起来。机智勇敢的曼里得到了一天的口粮以及美酒的奖赏,后来又荣获"卡庇托林的曼里"的光荣称号。至于昨夜负责警卫山冈的队长,则被判处死刑,从悬崖上扔了下去。

高卢人对卡庇托林山冈的围困持续了七个月。罗马人尽管受尽了折磨,但始终坚守着山冈。后来高卢人自己也坚持不下去了,双方经过谈判,高卢人在得到了一千斤黄金的赎金后,撤离了罗马。

白鹅的叫声,使卡庇托林山冈傲然挺立,始终没有沦陷。从此,"白鹅拯救了罗马"成为罗马人的谚语。为了表彰白鹅的功勋,每年的某个日子里,罗马人都会庄严地抬着它游行,并且称它为"圣鹅",热情地向它欢呼,以示敬意。

斯巴达克起义

"宁为自由而战死,决不为富人的娱乐而丧身!"这是两千多年前奴隶起义领袖斯巴达克发出的英勇誓言。

公元前73年夏,在罗马中部卡普亚城的一个角斗训练所里,发生了一次暴动。角斗奴隶们手拿菜刀、肉叉和尖利的木棒,杀死了卫兵,冲出了戒备森严的训练所,向城南的维苏威火山奔去。组织这次暴动的,就是古罗马史上极其著名的英雄——斯巴达克。

斯巴达克是色雷斯人,在一次抗击罗马侵略军的作战中不幸被俘,被卖到角斗训练所。斯巴达克几次设法逃脱,但都没有成功。于是,他利用一切机会在角斗奴中进行鼓动和串联。就在他串联了两百多个角斗奴准备暴动的时候,一个叛徒突然向敌人告密。斯巴达克当机立断,立即率领角斗奴采取行动,结果有七十八人冲出了虎口。

斯巴达克带领这批角斗奴登上维苏威火山以后,发现山势险峻,除了一条崎岖小路可通山顶外,到处是悬崖峭壁。于是他决定在山上安营扎寨,不断袭击附近的奴隶主庄园。这时意大利连续发生饥荒,奴隶们纷纷前来投奔,连一部分破产的农民也来投归。不久,起义队伍发展到了一万人。

罗马元老院起初没有重视这几十个角斗奴的逃跑事件。后来发现他们声势越来越大,便派行政长官克罗狄率领三千官兵前往镇压。克罗狄封锁了通往维苏威山顶的唯一通道,企图困死起义军。斯巴达克临危不惧,对战士们说:"宁可战死,不可饿毙!"食物没有了,他们就用野草充饥。

一天,斯巴达克看到战士们正在用野葡萄藤编织盾牌,忽然想到,能否用这种藤编织下山的软梯呢?他征求战士们的意见,立即得到大家的赞同。很快,无数条软梯编好了。

深夜,雾气朦胧,山风怒吼。山下的罗马官兵都进入了梦乡。斯巴达克率领战士,以惊人的毅力和勇气,顺着软梯,从峭壁上悄悄地爬到山下,又很快地迂回到敌人背后。

"冲啊!"斯巴达克一声令下,起义军向敌人营地猛扑过去,杀得敌军丢盔弃甲,溃不成军。克罗狄急忙跳上一匹未来得及装上鞍的马,溜走了。

初战告捷,起义军士气大振。斯巴达克和起义将领们分析,在敌强我弱的情况下,要在这罗马国家的心脏地区建立政权,是非常困难的。于是,他们开始向意大利北部进军,准备翻过阿尔卑斯山,离开意大利本土。

起义军在行军途中,来到了一座山冈。斯巴达克朝后一望,只见黑压压的一大队兵马正向他们追来。原来克罗狄溃败以后,罗马元老院又派来一个名叫瓦伦涅的行政长官,率领两个军团约一万两千人,前来追击起义军。

起义军在半山腰和官兵交战。他们在一天之内,就歼灭了数千官兵。但是由于起义军过于疲劳,在一个山坳里他们被包围了。瓦伦涅兴高采烈,已经准备向元老院报告胜利的消息了。然而,起义军又想出了一条脱险的妙计:当天夜晚,起义军把敌人丢下的一具具尸体绑在木桩上,旁边点起篝火,远远看去像是一个个哨兵在放哨;同时派几个人吹起了军号,营造起义军还被围困在山上的假象。然后,起义军摸着黑悄悄地下山了。这一切布置得很逼真,行动组织得非常快捷,一点没有声息,以至敌军丝毫未曾察觉到起义军已经撤离。就这样,起义军在敌人鼻子底下,悄悄地沿着山路,突出了包围圈。天亮了,瓦伦涅发现中了计,急忙率军尾追,在中途遭到起义军的伏击,损失惨重,连他的卫队和坐骑都被起义军俘获了。

公元前72年,斯巴达克的军队冲破了敌人的围追堵截,继续北上。不久,阿尔卑斯山已经在望。这时,起义军已发展到了十二万人。但是起义军内部发生了分歧,有的领袖要求改变原定越山北上的计划,迅速挥师南下,攻打罗马城。这样就导致了起义队伍的分裂。有一支起义军在分裂出去以后,被罗马军队击溃。其他起义军在斯巴达克的率领下继续北上。但因阿尔卑斯山山顶终年积雪,气候恶劣,大队人马要翻过山去非常困难;加上在北方富裕农民中也难以找到支持者,因此斯巴达克决定改变计划。他下令毁掉一切多余物资,杀掉不需要的马匹,挥戈南下。

罗马元老院听到起义军南下的消息后,乱成一团,谁也不愿就任这一年的执政官。推来推去,最后总算选出了大奴隶主克拉苏就任执政官。元老院任命他为镇压起义军的军事统帅,赋予他"狄克推多"的称号,给了他六个军团的兵力。克拉苏为了挽回危局,提高部队战斗力,宣布恢复残酷的"什一法"。他把临阵脱逃的五百名士兵抓来示众,十人一组,分成五十组,每组抽签处死一人。凡抽到签的人,被当着广大士兵的面活活砸死。

克拉苏整顿了部队后,便向斯巴达克猛扑过来。起义军与克拉苏周旋了一年多,取得了许多次胜利,但由于力量的悬殊和内部的不统一,最后被敌人围困在意大利南部的亚普里亚。

公元前71年初秋的一天,斯巴达克与敌军进行了生死决战。起义军奋勇杀敌,到黄昏,有六万多起义奴隶壮烈牺牲。斯巴达克和上万名起义者也被包围了。战斗越来越残酷。许多起义战士身负重伤,但他们仍紧握长矛、短剑和斧头,怒吼着,一次又一次地想冲出重围。

这时,罗马士兵排成密集的队形,向起义军紧逼过来,他们投掷密集的石块,射出了雨点般的箭。斯巴达克骑着黑色骏马,手持长矛,奋不顾身地刺死了数不清的罗马官兵。他在寻找克拉苏,想亲手杀掉这个大刽子手,突然,一个罗马军官偷偷地在他后面猛刺了一枪。斯巴达克腿部中枪,跌下马来,战士们立即围上去将他救起。

"快上马突围!"一名战士迅速牵过一匹战马,急促地恳求斯巴达克为了奴隶们的事业,赶快骑马冲出重围。斯巴达克望着那些跟他南征北战、生死与共的战友,感慨万分。他毅然举起希腊短剑,大声说道:

"这一仗打胜,就能缴获敌人的战马;如果打败了,还要这马干什么!"说罢,一剑刺死了战马。

这时,克拉苏指挥罗马士兵发起了又一次进攻,敌军像乌云般地压了过来。斯巴达克四处迎击,腿伤使他站立不稳,便屈下一条腿,一手举着盾牌,一手紧握短剑,继续和敌人奋战。最后全身被刺中数十处,体力不支,倒在地上英勇牺牲。

　　斯巴达克领导的这次威武雄壮的奴隶大起义,不幸失败了。残酷冷血的克拉苏,把俘获的六千名起义奴隶,钉死在从卡普亚到罗马城一路的十字架上。尽管如此,这次起义震撼了整个意大利半岛,沉重地打击了罗马奴隶主的统治。英雄斯巴达克以他无畏的斗争精神、卓越的组织才能和崇高的思想品质,被马克思誉为古代世界史上最辉煌的人物之一,被列宁赞为大约两千年前最大一次奴隶起义中的一位杰出英雄。

恺　撒

茫茫大海，一望无际。在平静的海面上，两艘三列桨的船舰渐渐逼近一艘两列桨的轻船。

"停桨！停桨！否则统统杀了你们！"三列桨船舰上的一个大汉高声喊道。

轻船停桨了。两艘追逐它的船靠近了它。十几个手持刀剑长矛的人，跳上了轻船。显然，他们都是海盗。

海盗们搜查了全船，把值钱的东西全部搬上自己的船，随后来处置他们的俘虏。俘虏中有个青年人，衣着华丽，举止高雅，一下子就引起了那个大汉的注意。

"哦，看来你不是个穷光蛋，"大汉挥舞着短剑喊道，"说吧，你准备拿多少钱来换取你的自由？"

青年人眼望大海，没有搭理。大汉把剑锋顶住他的胸部，恫吓了一会儿，然后向他提出一笔数目巨大的赎金。

"这个数目太少了吧？"青年满不在乎地说，"你们至少应该为俘虏了我而获得比此多一倍的钱！好吧，我可以留下来当人质，让其他人去筹集这笔赎金。"

就这样，青年作为人质留在了海盗那里。他根本不为自己的险恶处境担忧，每天除了朗读自己的诗篇，甚至要求，当他讲笑话、睡觉的时候，海盗们要保持安静。有一次，他竟然冲着那个大汉说：

"我必须跟你说：一旦我得到自由，我就要马上逮捕你们，并且毫不迟疑地把你们全部处死！"

大汉哈哈大笑，以为这个青年疯了。

四十天过去了，海盗们终于拿得了赎金，并兑现了诺言，将青年释放。这位青年一得到自由，迅速装备了好几条船去追逐海盗。没有多少时日，就追上了海盗的船，夺回了赎金，并且如他所说的一样，处死了所有海盗。这位青年，就是古罗马共和国末期著名的统帅和政治家恺撒。后来，西方帝王往往用他的名字，来作为自己的头衔。

恺撒出身于罗马的名门贵族，年轻时就渴望取得最高权力。一次，他和几个朋友经过一个贫穷的小村庄，有人开玩笑地说："难道在这个小角落里会有人想争居首位吗？"恺撒听了严肃地说："我宁可在这里当老大，而不愿在罗马当老二！"然而最初恺撒在政治上并不得势。当时罗马的统治者是大独裁者苏拉。恺撒的妻子，偏偏是苏拉一个政敌的女儿。苏拉一再要恺撒和他妻子离婚，恺撒宁可逃离罗马，也不服从苏拉的命令。直到苏拉死后，恺撒才当选为大祭司，接着又当上了西班牙行省的总督。公元前60年，恺撒与曾以残酷镇压斯巴达克起义而闻名的庞培和克拉苏结成了联盟。这就是罗马历史上有名的第一次"三头执政"。第二年，恺撒被选为执政官。又过了一年，恺撒在庞培的支持下，就任高卢行省的总督。

当时的高卢,大体上以阿尔卑斯山为界,分为山北的外高卢和山南的内高卢。外高卢即今法国、比利时等地;内高卢即今意大利北部。恺撒到任时,高卢行省的管辖范围只有内高卢。为了扩大势力,掠夺财富和奴隶,恺撒决定征服高卢全境。

外高卢土地肥沃,物产丰富,但是那里的民族骁勇强悍,不好对付。他们不剪发,不剃须,把头发染成火红色,向后梳成一个高高的髻,作战时发髻上戴着安装有兽角的帽盔,看起来很吓人。许多高卢人家房屋的栅栏上,挂着风干了的被割下来的仇敌的头颅。这是房屋主人勇敢的标志。高卢人死后,他生前所有的东西,包括心爱的饰物、牲口乃至奴隶,都要一起焚毁。奉献给神明的各种宝物——金银首饰、贵重武器等,就放在空地上,尽管没人看管,可是谁也不敢擅自去摸一下。

恺撒到达内高卢后,立即开始将势力渗入外高卢。他一方面武力讨伐,一方面唆使高卢各部落自相残杀。不到十年时间,他就征服了三百个部落,占领了八百多个城市,歼灭和俘虏了两百万人,使高卢全境成为罗马的行省。

恺撒的胜利,引起了庞培的妒忌。这时克拉苏已经死去,庞培利用独任执政官的身份,颁布法律,不让恺撒延长高卢总督的任期。于是,恺撒和庞培的联盟分裂了。

公元前49年初,恺撒返师意大利,庞培逃离罗马。第二年的夏天,恺撒和庞培在希腊决战。恺撒击败了兵力比他多一倍的庞培。庞培乘船逃到埃及,但一上岸就被杀死。

三年后,恺撒胜利返回意大利。罗马举行了空前的凯旋仪式。游行队伍抬着两千八百多个金冠进入城市,这些金冠总重两万多磅。接着举行了规模宏大的步兵、骑兵和大象的战斗表演。罗马的广场和街道上,摆着成千上万张桌子,让公民们大吃大喝。每个居民都收到一份丰盛的礼物,每个士兵都得到巨额的金钱犒赏。圆形剧场里安排了残酷的娱乐:几千角斗奴的格斗和大规模的斗兽。

人民大会和元老院授予恺撒至高荣誉的称号:"祖国之父"。恺撒被宣布为终身独裁官、终身保民官以及为期十年的执政官。在广场上、神庙里竖起了他的雕像,他的头像被铸到钱币上。他的身体是神圣不可侵犯的。法令规定,他坐在黄金象牙的宝座上处理公务。罗马的每个城市,都必须在他历次取得胜利的日期举行庆典。最高行政长官在就职时,要宣誓决不反对恺撒的任何命令。元老院成员扩充到九百人,这些成员全是拥护他……这一切,都是罗马历史上从没有过的现象,它意味着罗马的共和制度已经完全遭到了破坏。

恺撒是靠平民的支持上台的。可是他一掌握了最高权力,就背弃了平民:大量削减获得免费面包的公民人数,取缔了工匠行会组织。此外,他还准备进行一次新的大规模的远征。所有这一切,都加速了他的灭亡。

公元前44年3月15日,恺撒到元老院去开会。一个忠于他的人把有人要行刺他的消息写在书板上,交到了他手里。可是他没有看就进入了议事厅,坐在自己的宝座上。一个刺客上前,假意恳求他某件事,扯开他的紫袍,让他的脖子露出来。接着其他刺客用短剑向他刺去。最后他中了二十三剑,倒在庞培雕像的脚旁死去。

耶稣的传说

两千多年前,在地中海东岸一带的犹太人中,流传着这样一个故事:

耶路撒冷城里有一个少女,名叫玛利亚。她已经订婚,但是还没有出嫁就怀孕了。她的未婚夫约瑟想解除与她的婚约。一天夜里,约瑟做了一个梦。梦中,上帝的使者对他说:"玛利亚怀的孕,是受上帝圣灵感动得到的。她怀的是上帝的儿子,名叫耶稣,是来拯救世上百姓的。"约瑟相信了这个梦,把玛利亚娶了过来,不久果然生下了一个男孩,就取名耶稣。

耶稣出生的那天,有一颗明亮的星星从天上落向耶路撒冷城。东方有几个博士看到以后,不觉高呼起来:"救世主基督降生到人间来了!"

原来,犹太人早有自己的宗教——犹太教。他们信奉上帝耶和华,相信世界是上帝在七天内创造出来的:第一天创造天、地和白天、黑夜;第二天创造空气和水;第三天创造树木、蔬菜和瓜果;第四天创造太阳、月亮和星星;第五天创造鱼、兽和各种动物;第六天按照上帝自己的模样,创造了人;第七天休息。上帝看到人类苦难太多,准备派他的儿子——救世主基督来到人间,把人们从苦难中拯救出来。

博士们兴冲冲地来到城里去向玛利亚祝贺。不料,这件事情被耶路撒冷的统治者知道了。他认为这是妖言惑众,有意蛊惑人心。为了彻底除掉隐患,他竟然下令把全城两岁以下的婴儿统统杀死。约瑟和玛利亚得知了这个消息,抱着耶稣连夜逃到埃及。

耶稣长大以后,走遍了中东各地。一天,他走到约旦河边,有一个名叫约翰的教士,一面口诵经文,一面把耶稣浸入水中,行了洗礼。据说,受了洗礼,就是接受了上帝的圣灵。

耶稣受洗之后,又经受了种种考验,譬如要连续四十天不吃不喝等,终于,他头上出现了一个巨大的光圈,百姓们在黑暗中都能清楚地看见他。从此,耶稣自称是上帝的儿子,到处传教,收了不少门徒。

跟随耶稣的人愈来愈多了,耶稣登上高山向他们训话:"你们听着,凡是虚心的人都是幸福的,天国将属于他们;凡是和睦的人都是幸福的,他们将被称为上帝的儿子;凡是被人辱骂、被人欺凌的人都是幸福的,他们死后将在天上得到赏赐;凡是仇恨别人的人,一定要受到上帝的审判!"耶稣顿了一顿,强调说,"你们还听着,要爱自己的仇敌,不要同恶人作对。有人打你的右脸,你就再把左脸送给他打;有人抢你的外衣,你就再把内衣送给他……"

耶稣下了山,有一个麻风病人来朝拜他。耶稣伸手一摸,麻风病就治好了。耶稣走到他的门徒彼得家里,看到他的岳母躺在床上发烧。耶稣伸手一摸,热度马上退了下去。

耶稣带了门徒去航海。忽然,大风大浪来了,海水冲上了船舷。眼看船就要沉没了,门徒们都怕得要命。耶稣安慰他们说:"不要怕!"他站起来痛骂了大风大浪一顿,海水马上退却下去。

一天,几千名跟随耶稣的人没有饭吃。耶稣就拿了几个饼,用手一掰,一个变成了两个。耶稣不停地掰,不停地分给众人吃。结果,几千人都吃饱了。剩下的碎饼,足足装了好几个篮子。

后来,耶稣带了十二个门徒回到耶路撒冷,给人治病。据说不论什么病,耶稣一摸就好了。就是哑巴,耶稣也能使他开口讲话。耶稣向人们传道,常用种种比喻,劝说人们做好事。他说:"不要贪财!富人死后是不能进天堂的,他们进天堂比骆驼想穿过针孔还难!"

耶稣在传教时,总要劝说人们信仰上帝。一天,耶稣指着一棵无花果树说:"从今以后,你永远不结果子!"那棵无花果树立刻就枯萎了。人们看了都觉得很奇怪。耶稣就教训说:"只要你诚心信仰上帝,就有力量把一座山挪到海里去!"

由于相信耶稣的人愈来愈多,耶稣遭到了官吏和祭司长的仇视。他们想尽办法要除掉耶稣。这时,耶稣十二门徒中有个叫犹大的,到祭司长那里问:"如果我把耶稣交出来,你们给我多少钱?"祭司长马上给了他三十块银币。

那天晚上,耶稣和十二门徒一起共进晚餐。耶稣说:"有人出卖了我。"门徒们都很惊慌。做贼心虚的犹大故意问道:"您说的是我吗?"耶稣说:"你说得对!"犹大不安地低下了头,一声不响。

第二天,耶稣和十二门徒一道出去,正遇着祭司长和官吏带了好多拿着棍棒和大刀的打手走来。犹大向祭司长使了一个眼色,一把抱住了耶稣,表示要向耶稣请安,亲耶稣的嘴。这时,打手们一拥而上,抓住了耶稣。一个门徒马上拔出刀来反抗,一刀砍掉了一个打手的耳朵。耶稣连忙阻止说:"不要动刀!凡是动刀的,将来一定要死在刀下!"这个门徒只好把刀插回鞘里。于是耶稣被抓走了。

耶稣被捕以后,受尽了打骂和侮辱,最后,被罗马帝国派驻该地的总督判处死刑。耶稣是被钉死在十字架上的。和他一道被钉死的,还有两个强盗。

三天以后,耶稣复活了。人们都赶来朝拜他。耶稣对人们说:"只要你们遵照我的盼咐去做,我是永远会和你们在一起的。"据说,耶稣复活的那天,是在春分月亮圆了之后的第一个星期日。这天就是现在基督教的"复活节"。之后,世人又把耶稣的生日(12月25日)作为"圣诞节"。

记载耶稣传说的书,就是《新约全书》。基督教的《圣经》,就是原来犹太教编的《旧约全书》和后来信仰耶稣的人编的《新约全书》的合订本。"基督"即"救世主"的意思,传说中的耶稣是上帝派来普救众生的,所以后来都称他为耶稣基督。基督教宣扬的道理,有劝说大家友好互助和不做坏事的一面,也有反对同邪恶做斗争,甚至主张爱护仇敌的一面,后者实际上是麻痹人们斗志的精神鸦片。罗马帝国最初是禁止基督教的。公元4世纪时,罗马统治者内外交困,感到基督教对他们有利,就把基督教定为国教。从此,基督教传遍了全世界。

耶稣虽然是一个传说中的人物,但是,传说中耶稣出生的那一年,却被普遍地作为纪年的标志。这就是现在世界各国通行的公元纪年法。

古城庞贝之谜

距今一千九百多年前,在罗马的东南,有座名叫庞贝的古城。这座城市西临风光绮丽的那不勒斯湾,北靠巍峨峻峭的维苏威火山,距罗马约二百四十公里,是一座背山面海的避暑胜地,住着两万多居民。

公元 79 年 8 月 24 日,一场毁灭性的灾难降临到了庞贝城。这天午后一点多钟,距城约十公里处的维苏威火山突然喷发了。滚滚浓烟和无数火星从山顶腾空升起,剧烈的爆炸声接连不断。顷刻之间,天色昏暗,大地摇撼,平静的那不勒斯湾翻腾起汹涌的浪涛。那火星是被喷起的熔岩,落地时已凝固成石块。大量的石块和火山灰,覆盖了火山附近的地面。接着天又下起暴雨,引起了山洪暴发。山洪挟带着无数石块和火山灰,形成一股巨大的泥流,向山下猛烈冲去。庞贝,这座建于公元前 6 世纪的古城,就这样被整个地埋没起来……

一千多年过去了,庞贝城渐渐被人们遗忘。研究历史的学者也只是在查阅罗马古书时,才知道有个庞贝城,但它的遗址到底在哪里,一直是个谜。

18世纪初,一位意大利农民在维苏威火山西南八公里处修筑水渠时,从地下挖出了一些古罗马的钱币,以及经过雕琢的大理石碎块。1748年,人们又在附近挖出一块石块,上面刻有"庞贝"的字样。这座失落千年的城市原来就在这里！古城庞贝之谜终于被揭开了！

　　从1860年起,人们对庞贝城开始了有计划的发掘。经过二百多年断断续续的开掘,这座在地下沉睡千年的罗马古城,大部分已经重见天日。现在,人们可以像当年进入庞贝城一样,漫步在宽敞平坦的大街上,领略这座古城的风光。

　　庞贝城的面积约一平方公里,四周筑有石砌城墙,设有七个城门。城内纵横着两条笔直的大街,使全城呈井字形,分成九个地区,每个地区又有小的街巷。大街上铺着十米宽的石板,两旁还有人行道；街巷的路面都是用石块铺成的。每个十字路口都设有水池。水池全是石制的,上面饰有精致的雕像,里面储存着清澈的泉水。这泉水可来之不易,它是通过平地架起的渡槽,先从城外山上引到城内最高处的一个水塔里,然后再流向各公用水池和富豪庭园喷泉池的。

　　城内最宏伟的建筑,都集中在西南部一个长方形广场的四周。这里是庞贝政治、经济和宗教的中心。

　　广场的东南,是庞贝城官府的所在地,权贵们就在这里办公、议事。它的另一面是法院。这是一座两层楼的长方形建筑物,是商人们订立贸易合同的场所。当地生产的葡萄酒、呢绒和玻璃制品,以及东方的香料、宝石,中国的丝绸,非洲的象牙,都在这里洽谈成交。

　　广场的东北处是商场区。从发掘出来的情况看,当时这里店铺鳞次栉比,商品琳琅满目,生意非常兴隆。开掘出的一个水果铺的货架上,摆满了杏仁、栗子、无花果、胡桃、葡萄等果品,虽然历经了一千多年,但从外形上还能辨别得出来。在一家药店的柜台上,发现了一盒药丸,已经变成细末,旁边有一根细小的圆药条。很显然,当药剂师正在搓药丸时,突然灾难来临,因而弃之不顾了。当时的店铺往往兼作手工作坊。在一家面包房的烘炉里,发现了一块烤熟的面包,不仅保持着原来的外形,而且上面印着的面包商的名字还清晰可见。

在庞贝城的东南角,有两座规模宏大的公共建筑物——竞技场和大剧场。竞技场是城被埋前的九年建造的,约可容纳两万人,也就是说可容纳下将近全城的居民。

庞贝城内有许多豪宅。这些建筑的大门处,通常都有粗大的大理石圆柱和雕花的门楼。走廊和庭园里到处摆放着天神和野兽的塑像。正厅、餐厅和卧室宽敞明亮、富丽堂皇,陈设着珍贵精美的白银和青铜制品。墙上绘有壁画,地板上饰有镶嵌画。在一处豪宅中,发现了一幅镶嵌画:马其顿的亚历山大王与波斯的大流士三世作战图。它生动地描绘了公元前333年伊斯战役的一个场面。画宽六点五米,高三点八米,由一百五十万块彩色玻璃和大理石片镶嵌而成。

开掘庞贝城时,也发现了许多悲惨受难的石膏像。当火山爆发时,城内约两千人所处的地方恰巧有空隙藏身,因而没有立即被砸死、压死,可是却被尘埃封住,无法逃出。经过很长时间,人体腐烂了,火山的尘埃却塑成了人体的模型。考古学家把石膏液灌进这种模型,再现了受难者临终时的各种姿态神情:许多人用手掩面,一个母亲紧抱哭泣着的孩子,不少人趴在墙脚处挖洞，还有一群是被铁链锁着的角斗奴……

　　古城庞贝之谜的揭开，使人们直观地看到了公元1世纪罗马帝国城市的真实情况，为了解古罗马社会生活和文化艺术提供了重要资料。

穆罕默德

公元630年1月下旬的一天,一群穆斯林战士骑着威风凛凛的阿拉伯马,裹着宽大的白色头巾,手持利剑冲进了阿拉伯半岛西部的麦加城。

"向克尔白庙进军!"穆斯林的领袖挥手高呼。

战士们呼啸着向一座大庙冲去。

"消灭荒谬!"领袖又一次高呼。

战士们纷纷跳下马,冲进大庙,把庙里的三百六十座神像统统捣毁。

"真理已经来临!荒谬已经消灭!荒谬是一定要消灭的!"领袖第三次高呼。接着,他亲吻了嵌在这大庙石壁上的玄石。

战士们满怀胜利的喜悦,一个个兴高采烈地走到这块玄石前面,用嘴唇亲吻着它。

克尔白庙是麦加城里最宏伟的一座古庙,它是阿拉伯人古老的多神教的中心。大家亲吻的玄石是一块黑色的陨石,它是阿拉伯人的传统崇拜物。自从穆罕默德创立伊斯兰教以后,阿拉伯人大都改信伊斯兰教,成为"穆斯林"(阿拉伯语的音译,意为"顺从者",是伊斯兰教教徒的通称)。伊斯兰教只信奉一个神,这个神的名字叫"安拉"。伊斯兰教教徒认为,"安拉"是创造宇宙万物的唯一主宰,也称为"真主"。这次克尔白古庙落到了穆斯林手里,标志着阿拉伯人古老的多神教的终结,也标志着一种新兴的独神教——伊斯兰教,已经在阿拉伯半岛确立。

这位穆斯林战士的领袖,就是伊斯兰教的创始人穆罕默德。

穆罕默德于公元570年出生在麦加的一个没落贵族家庭。诞生以前,他的父亲就去世了,六岁时他又失去了母亲,之后由叔父抚养。十几岁时,曾跟随商队往返于巴勒斯坦、叙利亚一带,到过不少世界闻名的城市,也接触过犹太教和基督教这两个相同来源的独神教的教义。二十五岁那年,他和麦加一个有钱的寡妇结了婚。从此,他有了财富和地位,成为麦加城里一位很有名望的人。

麦加城的郊外有一座希拉山,希拉山上有一个小山洞。这个洞很小,只能容纳一个人。穆罕默德经常藏身于这个小山洞里,日日夜夜地冥思苦想。他怀疑现实,探索真理,以致心烦意乱。一天,他在山洞里突然听到一种声音,好像是在命令他:"你应当遵奉你的造物主的名义宣读……"

"啊,真主给我启示啦!"穆罕默德兴奋得跳了起来。从此,穆罕默德向人们声称:他自己就是真主的天使。后来,伊斯兰教就把这一天的晚上称为"高贵的夜间"。

"真主是独一无二的,是全能的,是宇宙的创造者。将来,有一个审判的日子,凡是奉行真主意志的人到天堂里去享福,违反真主意志的人到地狱里去受罪……"穆罕默德到处向人宣传他自己创立的新教——伊斯兰教的教义。有很多阿拉伯人跟随着他。

　　伊斯兰教的教义规定,只信奉真主和他的使者穆罕默德;每星期五做礼拜,把克尔白古庙作为朝拜的方向;缴纳财产的百分之二点五作为宗教用途,用来赈济贫穷的穆斯林等。同时,把政权与宗教统一起来。此外,还规定教徒不吃猪肉,允许一夫多妻,每年的教历9月作为"斋月",自黎明至日落不准进餐……

　　穆罕默德的传教活动,受到了当时阿拉伯贵族势力的反对,有人甚至要杀害他。公元622年7月的一个夜晚,穆罕默德率领教徒逃出麦加,到达麦地那城。从此,他以麦地那为根据地,开展宗教的武装斗争。八年之后,终于用武力打进麦加城,统一了阿拉伯半岛的大部分,建立起宗教政权。现在穆斯林通用的教历,就是以公元622年7月16日,即穆罕默德到达麦加的第二天作为元旦的。

　　十年后,穆罕默德率领着一个庞大的"朝觐团"来到麦加。"朝"是朝拜,"觐"是拜见。这是伊斯兰教教徒拜谒圣地的一种礼节。穆罕默德在克尔白古庙周围进行了一系列朝觐圣地的活动以后,在广场上发表了长篇演讲。

　　"……众人啊! 静听我的话,而且要牢记在心。你们要知道,每个穆斯林都是其他穆斯林的兄弟,大家都是同胞。因此,别的兄弟所拥有的任何东西,不经他的同意而据为己有,这对于你们中任何人都是非法的……"

　　广场上的穆斯林们虔诚地听着他的教导。大家知道,穆罕默德是孤儿出身,他所制定的法律,特别照顾孤儿、奴隶、弱者和受欺压的劳动人民。很多人还看到,他们的宗教和国家的领袖穆罕默德,过着非常清苦的生活:住在泥土筑成的小屋子里,自己缝补衣服。他的信徒可以随时到他家里去。而在作战的时候,穆罕默德却是一位身先士卒的指挥官,是一名英勇无畏的战士。

穆罕默德从麦加朝觐回来不久,就生病去世了。穆斯林们把这次朝觐称为"告别的朝觐"。根据教规,穆斯林们去麦加城的克尔白古庙朝觐,是一生中的最大的幸福。直到现在,全世界的穆斯林还有去麦加朝觐的风俗习惯。

穆罕默德一生的最大功绩,是用宗教的信念把阿拉伯各个部落统一了起来,使其成为一个强大的民族。他的言论,被弟子们编为《古兰经》——伊斯兰教的唯一经典。"古兰"是阿拉伯语的音译,意思是"诵读"。穆罕默德的陵墓,修建在麦地那城的先知寺内,所以,麦地那也是穆斯林朝觐的中心。

马可·波罗

"无论你是皇帝还是国王,是公爵还是侯爵、伯爵,是骑士还是普通市民,只要想了解世界其他地区不同种族的人们及其奇异风俗的,都可以来买此书,让别人读给你听。"这就是有史以来最伟大的旅行书籍——《马可·波罗行记》的开头语。马可·波罗是13世纪的威尼斯商人,他曾远行至亚洲,而当时很少有欧洲人到过地中海东部。他的作品中,充满了关于中国和其他东方国家的生动故事,激起了欧洲人探索世界的渴望。此前还没有过类似的书籍。三个世纪后,欧洲人开始航海寻找马可·波罗描述的奇观。完全可以说,没有马可·波罗,就不会有哥伦布。

1271年,马可·波罗随他的父亲和叔叔,带着罗马教皇的致意信前往中国。

他们穿过了波斯沙漠(位于今伊拉克和伊朗),翻越了阿富汗山脉(其间马可·波罗用了一年时间才从病中康复),并在到达阿富汗、中国之前经过了帕米尔山峰。从帕米尔下来,他们沿着中国与西方的主要贸易路线——丝绸之路行进。这条路经过世界上极其干旱的地区之一——戈壁沙漠。据马可·波罗记载,戈壁是一个危险的地方,那里常有奇怪的事情发生。"有人跟在同伴的后面走,会突然听到幽灵叫他的名字,就好像是他的同伴在叫。被这声音所迷惑,他就可能迷路并陷入绝境……沙漠幽灵能做出令人吃惊和难以置信的事,甚至在白天,一个人也能听到它们的声音,有时是剑和盔甲的撞击声,有时是战鼓的隆隆声,有时是乐器的演奏声。"

大约在1275年前后,波罗兄弟及父子到达了上都并见到了忽必烈,向他呈献了礼物。可汗一见到马可就喜欢上了他。马可当时大约二十岁,能讲突厥语——蒙古的一种波斯方言和其他几种语言。看来忽必烈很欣赏马可生动讲述其所见所闻的能力。在他们抵达后不久,忽必烈就派马可去执行一项为期六个月的外交使命,并要求他详细汇报沿途的见闻。这是马可所经历的多次类似旅行的第一次。此后的十六年时间里他都在为可汗效劳。

年轻的马可·波罗被可汗及其宫廷的辉煌深深地震撼了,很愿意为可汗效劳。马可写道,忽必烈"拥有一切权力,被称作'伟大的可汗',因为自从亚当以来,没人统治过这么多的人或是这样大的一个帝国,也没人拥有过这么多的财宝或这么多的权力",可汗"中等身材,体格健壮而结实……皮肤像玫瑰花一样白而红,有着好看的黑眼睛和英俊的鼻子"。作为成吉思汗的继承者,他一出生就拥有一切王室特权,但马可认为,可汗所具有的"精力、勇气和超人的智慧"使他受之无愧。

据马可描述,忽必烈的宫廷是世界上最为富丽堂皇的,可汗每年的大部分时间都是在当时的首都大都(今北京)的巨大宫殿中度过的。宫中的数百间房屋都以金银饰顶,并绘有骑兵、巨龙和其他动物图案。拱形的房顶都涂成深色,以便能像宝石一样反光。宫殿周围是美丽异常的花园,花园外则是可汗狩猎和放鹰的地方。在大都的皇宫里,可汗有方圆十六英里的公园和狩猎场,中央是一座以涂漆的树木建造的宫殿。

中国文化深深地吸引着马可。在这里他第一次见到纸钱,并惊讶于人们会接受以纸代替金和银(纸钱是中国的一项发明,就像印刷术一样,而这两项发明西方到很久以后才开始使用)。洗浴行为在当时的欧洲并不是很流行,但马可有一个有趣的发现,中国人经常洗浴,并有着他所见过的最为讲究的浴室。他还记述了一些重大的历史事件,诸如忽必烈出兵日本的失败等。

马可的书中没有明确地记述波罗兄弟及父子长期滞留在忽必烈的宫廷,到底为可汗做了些什么。实际上,马可关于自己的活动所述甚少,更多是写他所到过的地方。他的记述大多符合真实的历史,但有一些故事明显是传闻和传奇性质的。我们知道他受忽必烈的委托,到过中国南部、马来西亚、印度尼西亚及印度,也许还远至克什米尔。他描述的一些地方直到20世纪才再次被欧洲人见到。当然偶尔马可会告诉我们一些他自己的事情。从1283年至1286年左右,他可能担任了中国江苏省扬州市的总督。在另一段时间,波罗兄弟及父子可能在围攻中国城市荥阳时,帮忙监督巨大的围攻机的建造和使用。但历史学家有些怀疑马可的叙述。马可可能还参与了盐的贸易,因为他在书中经常提到。

终于,波罗兄弟及父子开始想念家乡威尼斯,并请求忽必烈让他们返家。年老的可汗不愿意让他们走,但在1292年,当他们提出护送一位蒙古公主前往她未来的丈夫——波斯国王那里时,可汗最终同意了。带着这些年在东方积聚的财富,波罗兄弟及父子,随同一支由十四艘船,六百名廷臣、水手和士兵组成的船队,向印度洋进发。旅途中频遇风暴,抵达波斯时,只有包括公主在内的十八人幸存下来。据马可记述,当公主被送抵目的地后,她伤心地和她的威尼斯朋友告别。最后在1295年,波罗兄弟及父子到达了威尼斯,马可的书至此结束。

马可返回家乡不久,威尼斯和它的对手热那亚之间爆发了战争,马可在海战中被俘并被投进了热那亚监狱。与他同牢的囚犯名叫鲁斯蒂齐洛,是一位浪漫故事和骑士传奇作家。因无事可做,马可便开始向鲁斯蒂齐洛口述他生活经历,后者则把它们写成一本书,并修饰了许多华丽的辞藻,结果《马可·波罗行记》于1300年前后出版。不论是作为东方地理和习俗的信息来源,还是作为有趣的消遣,这本书在当时都受到广泛的喜爱(当时,大多数欧洲人还不能识字读书,所以作者建议人们"应该买来此书,让别人读给你听")。当1350年前后鞑靼帝国瓦解,欧亚之间的陆路交通再次被阻断后,这本书又具有了更重要的意义。因为在许多年里,马可的书是唯一有关亚洲的第一手资料。甚至到了17世纪初,欧洲的地图绘制者仍然以此书对亚洲地理相当模糊的描述为依据。

马可从狱中获释之后的生活鲜为人知,只知他返回了威尼斯,并在那里依靠财产一直平静地生活,直到七十岁时去世。据说临终时他被要求承认他的书都是谎言和传说,但马可回答说,他讲述的还只是经历的一小部分。

哥 白 尼

在长达两千年的时间里，大多数欧洲人认为他们了解他们抬头就能看到的天空。地球位于宇宙的中心，其他一切天体——太阳、月亮、行星和恒星——都绕着它旋转，它们都被嵌在巨大的水晶球体中。2世纪的希腊哲学家托勒密曾描绘了这样一个天体系统（我们今天称之为托勒密理论），而几乎所有的欧洲天文学家都接受了它。这也恰好是人们从地球上所看见的天空的情景，所以相信宇宙以地球为中心成为唯一的共识，事情如此地显而易见，以至大多数人都不再过多地思考它。

一个16世纪的波兰天文学家却不满足于这一显而易见的解释。他的名字叫哥白尼，出生于托伦——波兰北部维斯图拉河沿岸一座繁荣的城市。在叔叔的帮助下，二十四岁的哥白尼成了弗兰恩伯里教堂牧师会的一员，哥白尼一生就是以此职业谋生的。天文学是他最大的兴趣爱好，虽然他因为忙于教会的事务和为其主教管区的人们治病而不能随心所欲地为此投入更多的时间和精力。他有规律地观察太阳、月亮和行星的运行路线，试图推测它们的运行轨道。

有些天文学家,包括哥白尼,为托勒密理论所困扰,因为他们发现天空中的行星亮度会发生变化,有时甚至移到后面,简单的圆形轨道理论无法对此做出解释。

哥白尼重新阅读了古希腊天文学家的作品,并且在其中发现了一种新理论的萌芽。这一理论惊人地简单,设想地球不是宇宙的中心——它是围绕太阳旋转的,只是太阳系中的众多天体之一。这一理论可以立刻解决托勒密理论中的几个问题,比如说为什么行星的亮度会发生变化且向后移动。

在科学上只提出一种新理论是不够的,理论必须经过检验才能成为真理,所以哥白尼用了多年时间进行天文观测,来为自己的理论找到证据。他的观测表明了与地球相关的行星的真正顺序。古人认为,地球是被月球、水星、金星、太阳、火星、木星和土星一圈圈围绕的(这是当时天文学家所知晓的所有行星,他们把月亮和太阳也看作是行星)。哥白尼认为正确的安排是把太阳放在中心,水星、金星、地球、火星、木星、土星环绕着它,月亮实际上是绕地球旋转的唯一天体。

1510年,哥白尼开始把他有关理论的手稿拿给朋友看。朋友们都很激动,催促他向大众公开自己的观点。但直到1543年去世,他的著作才正式出版,书名叫《天体运行论》。据说,哥白尼在去世的那一天拿到了第一本书。

教会的领袖们对哥白尼的理论充满敌意,因为他的观点与教会的宇宙观相抵触。几百年来,教会的宇宙观一直是以托勒密理论为基础的,如果像基督教所宣讲的那样,耶稣的生活是历史上最重要的事情,那么耶稣所生活的地球就必须像托勒密所描述的那样,是宇宙的中心;若像哥白尼宣扬的太阳是宇宙的中心，一切都将颠倒，对教会信条的各种质疑也将出现。几十年后，其他天文学家，如著名的布鲁诺和伽利略，都因为公开支持哥白尼的理论而受到教会的迫害。

哥白尼理论的影响是深远的，在不到一百年的时间里，天文学家对托勒密理论从坚信转为不再相信。不过哥白尼仍然认为天体是在正圆形的轨道上运行的。后来哥白尼的追随者开普勒证明了太空的行星和其他所有物体，都是沿着椭圆形而非圆形轨道运行的。

随着时间的推移，哥白尼的理论引发了人们对许多其他旧有观念的怀疑，不只是在天文学方面，还有物理学、医学、数学和宗教方面。今天我们称其为"哥白尼革命"，以纪念这位最早意识到我们在宇宙中所处真正位置的天文学家。

哥 伦 布

哥伦布出生在意大利西北沿海的热那亚市,他的父亲是一名织毛工,祖父是农民。热那亚在15世纪是为进行贸易而远距离、大范围航行的远洋商人的聚居地。1476年,哥伦布随同热那亚船队向西横穿地中海,前往英格兰。在直布罗陀海峡附近,护航船遭到海盗攻击,船上的人几乎全部被杀。哥伦布借助一支船桨,游了六英里,到达葡萄牙海岸,被渔夫救了上来。恢复气力后,他立刻前往里斯本,他的哥哥在这座城市里是一名地图绘制员。

此后的八年时间里,除帮他的哥哥做绘图生意外,哥伦布进行了多次航海旅行。这段时期,里斯本正传播着航海业的最新科学研究成果,以及沿非洲海岸向南航行的最近一次尝试的有关消息。哥伦布阅读了他所能发现的与向西去亚洲的航线相关的所有资料。怎样前往亚洲是那个时代许多欧洲人关心的问题。欧洲人渴望得到香料以使他们无味的食物变得可口;需要金子以支付战争费用;还需要由亚洲植物制成的药物。为了得到这些珍贵的东西,他们不得不付给热那亚和威尼斯的商人大量的金钱。热那亚和威尼斯商人的货物是从同印度和印度尼西亚做生意的阿拉伯商人那儿转手购得的。

地球是圆的——此时已是一个被广泛接受的概念。所以如果一艘葡萄牙人的卡拉韦尔船向西航行得足够远,最终必将到达亚洲。这就是日夜困扰着哥伦布的想法。另一方面,大家坚信向西航行而到达亚洲的第一个人将变得富有、荣耀,并闻名于整个欧洲。即使是一个卑微的水手也有希望使自己成为王子,只要他能够鼓起勇气踏上这样一条航程。因为这是一条通往虚无、通往完全神秘的世界的航程。没有现成的为航海者绘制的地图或图表可以依照,没有陆标,也没有任何熟悉的标记。当他们到达另一侧的时候——如果他们到达了另一侧,他们就是在中国或日本了,对那些国家而言,欧洲人是完全的陌生人。进行这样一次航行,依靠的主要是信念。

哥伦布信心满怀。他确信是上帝选择了他去执行这样一项使命,而且《圣经》中有证据表明他将获得成功。他反复阅读古希腊地理学家托勒密的著作,以及在13世纪曾去过中国的威尼斯商人马可·波罗的游记。他判断亚洲大陆非常宽广,差不多是环绕着地球的另一侧延伸。哥伦布认为:一名优秀的海员,要不了几星期就能横渡大西洋到达亚洲海岸。他所需要的只是一支船队、驾船的水手以及为水手们提供三餐和薪酬所需的钱。

如果没有上层统治者的支持,"印度事业"(哥伦布对其计划的称呼)将注定失败。若不是西班牙国王的司库(财政官)圣特格尔让女王改变了主意,哥伦布的计划就永远不会有什么结果。圣特格尔和另外三个人捐资为探险提供经费。这四个人或者是犹太人,或者是像圣特格尔一样出身于犹太家庭而被迫皈依基督教的。他们为此次航行提供资金的共同目的,是希望哥伦布的航程能使西班牙的犹太人去亚洲定居成为可能。因为西班牙每年都有许多改变信仰的犹太人因秘密从事犹太教的活动而被活活烧死。而那些未改变信仰的犹太人也处境险恶,需要一处避难的地方。1492年3月,国王费尔南多和女王伊莎贝尔刚刚征服格拉纳达就立刻宣布:王国境内的所有犹太居民,限四个月内变卖家产离开。

在圣特格尔和哥伦布的其他几位支持者能够说服国王和女王同意资助这位探险家之前,还有许多棘手的问题需要磋商。哥伦布坚持要得到贵族的头衔和一枚徽章,要求被称作"Ocean Sea(即大西洋)舰队司令"的权利,要求统治他所发现的土地,以及对同那些土地进行的所有贸易征税的权利。此外,他还想让这些头衔和权利在他的家族中世袭。国王和女王准予这些条件的契约上标注的日期是1492年4月17日。

在此后的四个月中,哥伦布匆忙地做着准备。

三艘远征船于8月3日黎明起航。哥伦布此行的第一个目的地是西班牙西南八百英里处的加那利群岛。他计划从加那利群岛向正西方向航行,他希望从马可·波罗的书中获悉的这条路线能够带他直接到达Cipango(今称日本)。如果运气不好,没能到达Cipango,那么他将或者到达震旦(Cathay,今中国),或者到达金色的半岛(马来西亚)。

他非常幸运地找到了向西吹的信风,他的船队在风力吹送下毫不费力地行驶了几个星期。他所选择的路线至今仍然是向西驶往美洲大陆的最佳航线。

哥伦布在日记中描述了随着驶入越来越远的未知的海域,

船员们的热情如何开始削减，特别是当船队离开信风带进入到死一般的宁静阶段时，反对舰队司令的叛乱是多么的频繁。进入到10月的第一个星期，除了哥伦布以外所有的人都想返航。但他的日记中写道："舰队司令接着说抱怨是没用的，既然他已下定决心前往印度，如果情况许可的话，他会继续航行，直到抵达那里为止。"几天后，船员们开始看见陆上的鸟儿、漂浮的树枝和其他陆地的迹象。10月12日凌晨两点，他们在月光中看见了窄窄的一条白色海岸。第二天中午，他们在一座小岩石岛沿岸的一处小海湾抛锚。身着华丽的天鹅绒衣服的Ocean Sea舰队司令被用小船送上岸，船长和军官们站在旁边，看着他在岛上竖起费尔南多和伊莎贝尔的旗帜，并宣布该岛将归两位君主所有，然后他们都跪下亲吻土地。

西班牙船队登上的这座岛屿后被哥伦布重新命名为圣萨尔瓦多，它是我们今天称为巴哈马群岛的岛屿链中的一部分。哥伦布很清楚，它不可能是Cipango，也不可能是震旦，因为马可·波罗所描述的震旦是充满金子的富裕的文明世界，而这里则是那些房舍简陋、赤身裸体的人们的家园。于是，他认为自己一定是在日本东北的某个地方登陆了。如果继续向西南航行，就将到达他的目的地。随后几星期，西班牙船队穿行于巴哈马群岛之间，并沿着古巴和伊斯帕尼奥拉（该岛今分属于海地和多米尼加两国）两座大的岛屿海岸航行，在他们所发现的每一个泰诺人的村庄里寻找金子。

圣诞节前夕，旗舰驶离伊斯帕尼奥拉岛的北部海岸，哥伦布和"圣玛丽亚号"的船员在没有任何指引的多岩水域航行多时，筋疲力尽而沉沉睡去。当他们熟睡时，只有一个小男孩负责掌舵,结果船撞上暗礁被毁坏了。船员们在当地首领瓜卡纳加里派来的泰诺人的帮助下竭尽全力打捞,然后用"圣玛丽亚号"的废木头建造了一处小定居点,哥伦布称之为拉那维达德。有三十九人自愿留下来寻找金矿,据瓜卡纳加里说金矿就在附近。1493年1月16日,"尼纳号"和"平达号"驶往西班牙。

最后,哥伦布终于在3月15日抵达了帕洛斯。几星期后,他已身在巴塞罗那了。在王宫中,他把整个的冒险经历禀告国王和女王。他随身带着他成功的证据:从瓜卡纳加里那儿得到的金条,颜色鲜艳、气味芬芳的植物,柳条笼中的翠绿色鹦鹉。还有人——七名神情惊慌的泰诺岛民,他们是最早看见旧大陆的新大陆居民。

哥伦布获得的荣耀达到了顶点。费尔南多和伊莎贝尔丝毫不怀疑他确实是到达了亚洲。他们给予了他一名出身最高贵的贵族所能享有的所有荣誉。哥伦布甚至被授予在他的徽章上佩戴皇家标记的权利。

葡西两国对于如何分享探索世界未知领域的成果不能达成共识,于是求助于罗马教皇亚历山大六世。教皇在地球仪上画了一条想象的线,该线西侧的归属西班牙,东侧的则归属葡萄牙。这条线的位置确定是以哥伦布的建议为基础的。

此协议达成之时,哥伦布作为殖民地的统治者,正在返回伊斯帕尼奥拉岛的途中。他是于1493年9月率领一支由十七艘船组成的船队从加的斯港出发的。船上装载着约一千五百人和家畜、植物、食物等。哥伦布从国王和女王那里得到的指示是,去建立一处定居点,致力于播种庄稼、开采金矿和使岛民皈依基督教。

探险队在伊斯帕尼奥拉岛建立了第二块殖民地,哥伦布称其为拉伊莎贝拉(La Isabela)。但在短短的时间内,它就变得混乱不堪。因为它是建在一片多沼泽的、蚊子猖獗的土地上,所以不久,有一半的殖民者病倒了,他们的食物也在潮湿的空气中腐烂了。几英里外,一处用来贮藏金子的要塞已经建立起来,但还没有发现任何金矿的踪迹。

拉伊莎贝拉在一天天败坏。西班牙殖民者已完全失去了控制,毫无怜悯心地袭击着当地的村庄。岛民们掀起的反抗运动被哥伦布用极端的暴力手段所镇压。既然金矿还没有找到,他就强迫每一个男性岛民用金粉纳税。许多岛民为收集到足够的金粉而劳累致死,那些没能交出金粉的则被砍掉双手以示惩罚。最后,哥伦布代替金子运回西班牙的是成船的印第安人,他们都被迫卖身为奴。

这一做法直接违背了女王伊莎贝尔的命令。她是想让她的新臣民基督化,而不是奴隶化。这时女王和国王已经听说了很多对哥伦布混乱统治的抱怨。1496年夏天,哥伦布把伊斯帕尼奥拉岛留给他的哥哥巴托勒密照管,自己回到了西班牙。女王和国王同意资助他进行第三次航行。这次他的任务是核查葡萄牙探险家的报告,看他所发现的群岛南部是否真的有一大片陆地自非洲横贯大洋。

这是一次艰苦的航程。路上,他率领的三艘船曾连续许多天因无风而停止不动,不得不忍受热带酷暑的炙烤。最后他们终于到达了今天委内瑞拉沿海,哥伦布称之为特里尼达岛。这块土地同加勒比海的岛屿大不一样:地上种着大片的玉米,红树沼泽地则遍布着孕育珍珠的牡蛎。特里尼达东南方向有一座更大的岛屿,一条河流在岛上穿过,注入大海。河中倾泻出大量淡水,比任何岛屿所拥有的都要多。哥伦布开始怀疑曾经认定的事实。他在笔记中写道:"我相信这块陆地也许是至今仍不为人所知的一块新大陆。"他认为有两种可能:这块大陆如果不是亚洲的延伸,就是《圣经》中的伊甸园。

在哥伦布离开的这段时间,他的兄弟巴托勒密和迭戈已经抛弃了拉伊莎贝拉,并在靠近伊斯帕尼奥拉岛南部海岸的地方建起了一座名叫圣多明各的新城。这是欧洲人在新大陆的第一块永久殖民地。这是一个比拉伊莎贝拉更健康、更美丽的地方,并靠近一座真正的金矿。但它也存在一些同样难以对付的问题。大多数西班牙殖民者不肯服从哥伦布兄弟的权威,嘲笑他们方法拙劣,不能胜任。一伙叛乱的人突然离开并和印第安人结成联盟。哥伦布在吊死叛乱者和向他们的要求屈服之间举棋不定。他对于那些拒绝纳税或被奴役的印第安人很少有怜悯之心,对他们穷追不舍直至捕获杀掉。也有大量的印第安人死于殖民者从欧洲带来的一些疾病。

1500年秋,当伊莎贝尔女王的委托代理人博瓦迪拉到达圣多明各时,他被在那里见到的可怕状况所震惊。于是,他免去了哥伦布的总督职务,并给他们兄弟三人戴上镣铐,押运回西班牙接受审讯。

此时国王和女王对哥伦布的探险已经厌倦了。哥伦布希望能有最后一次机会从古巴向西找到通往印度的路。他确信印度就在那儿。为了摆脱哥伦布的纠缠,国王和女王终于同意派他进行这最后一次探险。于是在1502年5月,哥伦布率领一支由四艘卡拉韦尔船组成的船队,从加的斯起航。

1504年11月,哥伦布在完成第四次航行后返回了西班牙。过去一年的海上磨难使他成了残废,双腿不能挪动。

除了哥伦布本人,人们越来越意识到他所发现的并不是亚洲的东部边缘,而是古人所不了解、《圣经》中也未提到的一块陆地。哥伦布把这块神秘的新大陆带进欧洲人的视野中后,这些人便急切地开始进行他所无法继续做的事——为了各种自私的目的而开发这片大陆。

哥伦布在最后一次探险返回后没能活多久,1506年5月他去世后被葬在了巴利亚多利德城。多年后,他的遗骨又被掘出,重新葬在了塞维莱,后又迁往圣多明各、古巴,最后又迁回塞维莱。此时,已经没人能够确定其棺木中的尸骨就是他的。甚至他首先探险的那块大陆也不是以他的名字,而是以意大利航海家阿美利哥·韦斯普奇的名字命名的,后者声称新大陆是他发现的。

欧洲黑死病

人类有史以来最大的灾难,当数公元14世纪至17世纪在欧洲大陆猖獗一时的鼠疫。鼠疫,俗称黑死病,据说,最早发生在中国和突厥斯坦,公元1347年传到克里米亚。公元1348年1月,三艘意大利商船从这一带的港口出发返回热那亚,船上不幸带回已经染上黑死病的老鼠。很快,热那亚开始流行起黑死病来。大街小巷到处都是死人,每家每户都有人染病,病人的症状是:头痛发烧,接着全身颤抖,头晕目眩,腹股沟和腋窝出现黑色坚硬的结节,淋巴结肿大,最后在吐血中痛苦地死去。患者从发病到死去一般不会超过三天。当时的医生没有任何办法治疗和预防,因此,鼠疫很快蔓延到欧洲各国的二十万个城镇和乡村。

黑死病在欧洲猖獗了三个世纪,估计夺去了两千五百万人的生命。但到了公元1666年,黑死病突然消失了。一般认为是环境卫生和个人卫生条件的改善,彻底消灭了这种病菌。

达·芬奇

1452年4月15日,在意大利佛罗伦萨城附近的一个名叫芬奇的小镇上,有个男孩呱呱坠地了。他,就是15世纪欧洲最伟大的画家——列奥纳多·达·芬奇。

达·芬奇的父亲是当地有名的公证人,家境富裕。达·芬奇从小喜爱画画,一张张图画绘得活灵活现,父亲非常喜欢。十四岁那年,家里送他到城里的一个艺术工场去学艺。他的老师就是这个艺术工场的主持人——著名的画师弗罗基俄。

达·芬奇进入艺术工场以后,老师先叫他画个鸡蛋。第二天,又要他照着鸡蛋描画。第三天,还是绘描鸡蛋。小达·芬奇好奇地问:"为什么老是要画蛋呢?"老师看着他有些不耐烦的脸,意味深长地说:"这小小的鸡蛋可不简单哪!你要知道,在一千个鸡蛋里面,从来没有两只形状完全相同的。即使是同一个蛋,观察的角度不同,照射的光线不同,它的形状也会不一样。我叫你多画蛋,就是为了训练你观察和把握形象的能力,使你能够随心所欲地表现一切事物,这样才能把画学好。"小达·芬奇恍然大悟。从此,他专心致志地埋头练习绘画的基本功,艺术技巧有了很大的进步。他在艺术工场里一待就是十多年,在练习中度过了宝贵的青春年华。

当时,佛罗伦萨的工商业极为发达。新兴的资产者不满意教会统治的愚昧、落后、残酷和黑暗,要求自由,要求以人为本。年轻的达·芬奇受到这种新思潮的影响,所以着力表现人物的内心感情,成为他艺术作品的主要特点。

首先,他反对专事临摹的绘画,认为这是艺术的衰落。绘画必须来自现实生活,来自大自然。他仔细地观察大自然的一花一草,一树一木。为了弄清它们的生长规律,他专门研究了植物学;为了深入地辨别昆虫的种种形态,各种鸟类的飞翔特点,他特地研究了动物学;为了掌握人体各个部位的结构和正确的比例,他又不顾教会的禁令,亲自动手解剖尸体。看一看他的素描本吧:先画的是人体的全身骨骼,再画的是神经血脉,最后画的才是肌肉。这要花费多少工夫!在画本上,还注着一行一行人们不认识的"文字"。其实,这是他为了防止教会的迫害,用左手写的向左排列的说明文字!

接着,也是更重要的,他把要求个性解放的思想贯穿到整个绘画实践中去。当时绘画的题材,多半是《圣经》里的故事。画面呆板僵硬,圣母总是一副冷酷无情的脸色,孩童时代的耶稣已经像个严肃的老头子了……但是,在达·芬奇的笔下,他们的形象栩栩如生,宛如现实生活中的人物。1476年,他的老师弗罗基俄要画一幅画卷,让达·芬奇做他的助手。老师仍旧按照教会的传统,画的人物一个个呆板平淡,毫无生气。达·芬奇在画卷上只画了一个天使,却充满人性,活泼可爱,生动而自然。两者一对照,老师画的人物就黯然失色了。老师对学生的高超技艺赞叹不已。其实,艺术的创新正是达·芬奇突破封建传统束缚的结果。

说起来,达·芬奇还是一位多才多艺的科学家呢。当时,米兰是意大利一个有名的科学城市。1482年,达·芬奇来到了这里,从事种种科研活动。他发明了许多不同类型的机械。例如,原来欧洲的捻线机,只能捻一根线,达·芬奇发明的捻线机能捻许多根线,这为发展意大利的纺织业做出了重大贡献。又如,他还发明了金属的拉丝机、车螺纹的机器、锉刀割纹机、光学玻璃的研磨机等,又为发展意大利的机械工业做出了贡献。再如,他发明了室形的水闸和各种不同构造的扬水机,更为发展意大利的水利和农业做出了贡献。此外,他甚至想模仿鸟翼的功能,去制造一种飞行的机械。总之,达·芬奇的科学才能是非常出类拔萃的。

达·芬奇还是一位杰出的建筑师和雕塑家。可惜,他的雕塑作品没能保存下来。

达·芬奇一生最大的贡献,当然是在绘画方面。他的画,讲究光学原理,无论是人物还是风景,看上去都很有立体感,好像是从画面中凸出来的。他的画,对背景采用"缥缈法",犹如烟雾笼罩,使人看了感到空间十分深远,好像身临其境一般。更重要的是,他画的每个人物,都能显示出内心活动,通过脸部的表情、眼睛的神色、四肢的动作等,把每个人物的心理活动和盘托出,简直画活了。

达·芬奇留给后世许多精彩的绘画作品。其中,最杰出的代表作是《最后的晚餐》和《蒙娜丽莎》。

《最后的晚餐》是为米兰城内圣马利亚修道院斋堂画的一

幅壁画，作于1495年至1497年。画的是耶稣基督的门徒之一犹大向罗马当局告密，出卖他的老师耶稣后共进最后一次晚餐的宗教传说。画面正中坐着的是耶稣，他正在对他的十二个门徒说："你们中间有一个人出卖了我。"餐桌上坐着的十二个门徒表情个个不同：三个门徒在窃窃私语；三个门徒义愤填膺，其中一个怒火万丈，以手击桌；一个门徒表示怀疑；一个门徒表示惊讶；一个门徒端坐不动，似在表明自己是忠于耶稣的；两个门徒显得特别激动，其中一个甚至用手中的餐刀指向前方；只有一个门徒脸色惨白，身向后仰，惊魂不定，却用一只手紧紧地握着自己的钱袋，他，就是收受三十块银币后出卖了耶稣的叛徒犹大。在犹大的背后，是一片黑暗。而在耶稣的背后，却是明亮的窗户。光线照着耶稣的脸，是那样的沉着、安详，又是那样的庄严、肃穆。强烈的对比，表达了作者对邪恶的无穷憎恨，对正义的无限向往。

在达·芬奇之前，有许多著名画家曾画过这个题材，但是都不尽如人意。失败的原因之一，是没有真实地反映出十二个门徒，特别是犹大的复杂心理活动。达·芬奇的画，完满地解决了这个问题，从而使这幅画的主题更加鲜明突出。据说，自这幅画诞生后，再也没有别的画家敢画这个题材了，因为他们觉得，珠玉在前，没法超过达·芬奇的名作了。

当初，达·芬奇为了完成这幅画，付出了惊人的劳动，也遇到过许多的困难。其中一个突出的困难，就是怎样处理犹大这个人物。据说在绘画之前，达·芬奇曾经反复地做人物速写，画了几百张各种形态的犹大草图，但一直没有捕捉到他认为满意的形象。为了解决这个难题，他天天待在米兰城里各种场合去观察罪犯、流氓和赌徒,看他们的言行举止。修道院的僧长看见他很久不去斋堂画画,却天天在外面乱跑,便向米兰大公告状,说达·芬奇玩忽职守,行为不检。为此,达·芬奇还同僧长吵了一架。幸亏大公深明事理,从中调解,才使达·芬奇完成了这幅巨作。现在,这幅画还在修道院的墙上呢。

《蒙娜丽莎》作于1503年左右,是一幅人物肖像画。画的是佛罗伦萨少妇吉奥贡达。画中的这位少妇,坐姿优雅,笑容微妙,背景山水幽深茫茫,使全画带给人一种自然和谐的氛围。对于人物的眼角、唇边等表露感情的关键部位,达·芬奇特别注意把握精确与含蓄的辩证关系,从而使少妇的微笑具有一种神秘莫测的主观感受。这幅名画,现在珍藏在法国巴黎的卢浮宫内。

达·芬奇的晚年,是在漂泊中度过的。他长期受到封建宗教势力的压制和迫害。1517年,六十五岁的达·芬奇已经是一个满头银丝的老人了,但是,他还是被迫离开祖国,到法国去定居。1519年5月2日,这位受人尊敬的不朽画家离开了人世,然而他的画,他的创造,却永远活在全世界人民的心里。

牛　顿

在英国林肯郡的一个乡村里,一位青年正在苹果树下读书。

他专心致志地读着,读得正入迷的时候,突然,"啪"的一声,把他的注意力从书本上拉了回来。他定睛一看,一只熟了的苹果落到了地上。

"原来如此!"青年人又打开书本,继续读书。

一阵微风吹来,"啪!""啪!"树上又掉下两个苹果。

"这究竟是怎么回事?"青年把书本合拢,沉思起来,"为什么苹果只会往下掉落,而不会向上飞去呢?"

苹果掉地是人人常见的事,谁也没有对此有过疑问。但是,这位青年却为此思索着,研究着。后来,他终于成为当时世界上最杰出的科学家。

他的名字是艾萨克·牛顿。

牛顿生于公元1642年。他从小读书用功,二十一岁就已经在英国最著名的大学——剑桥大学当研究生了。

1665年,牛顿在剑桥毕业,被留在研究室工作。这年6月,英国出现了一次大瘟疫。为了避免传染,学校停课,牛顿回到了家乡。不久,苹果落地的事情就发生了。他被这件事所吸引,仔细阅读了许多天文学和物理学的著作。开普勒关于行星运动的定律,伽利略关于自由落体运动的定律,他都做了深入的研究。他想:行星为什么要绕太阳旋转呢?卫星为什么又要绕行星旋转呢?行星和卫星为什么一定要有轨道,而不是直线飞出去呢?牛顿想啊想啊,真的入了迷。他在家里想,出去游览时也想,无时无刻不在思考这些问题。一次,他牵着一匹马上山,可是脑子里想的却是天上的太阳。等他到了山顶想骑马的时候,才发现,他手里拿的是一根马缰绳,马早就跑得无影无踪了。

牛顿悻悻地走回家去,一路上看到几个乡下孩子正在玩耍。一个孩子把石子放进投石器,连续旋转几圈,然后迅速抛出,石子飞得很远很远。另一个把一小桶牛奶使劲地在头上旋转,牛奶一滴也没有洒出来。还有一个正在放风筝,扯住了绳子,风筝既不会掉地,也没有飞走。"让我来试试!"牛顿学着孩子的样子做,也都成功了。他露出了若有所思的神情。

"这是两种力的作用啊!"牛顿回家研究了之后恍然大悟。"一种力要朝里拉,叫作向心力;一种力要向外逃,叫作离心力。这两种对抗的力互相平衡,不就出现了上面这种情形了吗?"

由此,牛顿发现了著名的"力学运动三定律"。

这些发现,使牛顿对天文和力学研究的兴趣更浓了。一天,他边看书边煮鸡蛋。他看完了一节后准备去吃鸡蛋。一揭锅盖,"天哪!"原来锅里煮的不是鸡蛋,而是他的一只怀表。牛顿就是这样孜孜不倦地钻研学问的。

用绳子系住一块石子,把石子使劲投出去,只要把绳子拉牢,石子就会回绕着旋转;如果不把绳子拉住,石子就会飞出很远很远。这是一个众人皆知的生活现象。可是,在牛顿眼里,却看出了真理。地球绕太阳旋转为什么不会飞出去呢?月亮绕地球旋转为什么也不会飞出去呢?拉住石子的是一根绳子,那么,拉住地球、月亮的是什么呢?这根无形的绳子,不就是一种看不见的"引力"吗?就这样,牛顿发现了震惊世界的"万有引力定律"。苹果为什么落地的原因终于找到了。

科学的发现不是靠偶然的凑巧,而是靠大量的、艰苦的实验。牛顿的一生,几乎全是在实验室里度过的。

他为了观察天体,把三块玻璃做成了三棱镜,用它对太阳光进行分析。结果,发现了白光原来是由红、橙、黄、绿、青、蓝、紫七种颜色合成的。这样,牛顿又发现了光的秘密。在这个基础上,他制成了世界上第一架反射望远镜。通过它,能够看到木星上的卫星。反射望远镜的发明,使人类对天体的观察进入了一个新阶段。

为了对天体的运动进行计算,他反复钻研高等数学,终于创立了微积分的理论。从此,全世界的数学计算,实现了重大的飞跃。

做实验,并不是每次都能成功的,可以说,没有前面九十九次的失败,就不可能有第一百次的成功。牛顿很少在夜间两三点钟以前休息,有时,一直要工作到清晨五六点钟。春天或秋天气候温和凉爽的时候,他常常连续六个星期待在实验室里。不管是白天还是黑夜,他总是不停地工作,直到把实验做好为止。

一次,他约一个朋友来家吃饭。可是,朋友来了,他却还在实验室里工作。约定午餐的时间已经过去了两个小时,朋友的肚子饿得咕咕叫,就自己到餐厅里把一只鸡吃了,鸡骨仍放在碗里。过了一会儿,牛顿来到餐厅,看到碗里有很多鸡骨,不觉惊奇地说:"啊!原来我已经吃过饭了。"于是,他又马上返回实验室工作。牛顿就是这样废寝忘食地工作的。

万有引力定律是牛顿对科学事业的巨大贡献。为此,他进行了反复的验算和实验。1687年,牛顿的巨著《自然哲学的数学原理》出版,从此,全世界都了解了万有引力的秘密,大大地推动了科学事业的发展。

1727年,牛顿已经八十五岁,病魔使他不能再继续工作了。临终前,这位大科学家谦虚地说:"在科学的道路上,我只是一个在海边玩耍的小孩子,偶然拾到一块美丽的石子。至于真理的大海,我还没有发现呢!"

瓦特和工业革命

一个寒冷的冬日,有位老奶奶正和她的小孙子围着炉子取暖。炉上壶里的水沸腾了,壶盖不住地向上跳动,发出"噗""噗"的声响。

"这壶里是什么呀?"小孙子好奇地问。

"水呀。"奶奶回答。

"水怎么会把壶盖顶起来呢?"

"水开了,就有汽冒出来,是汽把盖子顶起来的呀。"

"汽的力量真大啊!"小孙子若有所思地睁大了眼睛。

这个爱追根究底的孩子,名字叫詹姆士·瓦特。他长大后可是个大发明家呢!

瓦特是苏格兰人,生于1736年,父亲是造船工人。瓦特小时候做过徒工,二十岁时到格拉斯哥大学当实验员,专门制作和修理各种教学仪器。他制作蒸汽机的整个过程,就是从这所大学里开始的。

那么,蒸汽机究竟是不是瓦特发明的呢?可以说是,也可以说不是。这件事要从当时英国的工业情况说起。

自从英国侵占印度,建立东印度公司后,印度的廉价棉布被大量贩运过来,英国市场上到处是印度棉布。英国本土纺织工厂生产的棉布成本高,卖价贵,卖不出去了。工厂主就想改进生产技术,降低成本,生产更多更便宜的纺织品。

原来,英国的织布技术很落后。工人一会儿用右手把梭子往左抛,一会儿用左手把梭子往右抛,一天织不了几尺布。1733年,有个名叫凯伊的机械工,发明了飞梭,只要用绳子一拉,梭子就会很快飞过去,一下子把织布的速度提高了好几倍。

织布技术提高了,纺纱怎么办?英国的手纺机每次只能纺一根纱。纺纱的生产力很低,英国出现了"棉纱荒"。1761年,英国"艺术与工业奖励协会"发出特别公告,建议用奖金来奖励发明新式纺纱机的人。四年以后,有个名叫哈格里夫的织工,发明了一种新的纺纱机,一次能同时纺十六至十八根纱。他高兴地用自己女儿珍妮的名字来命名,把这种纺纱机称为"珍妮机"。

然而,新式的纺纱机是手摇的,人的力气毕竟有限,纺出来的纱又细又不结实。这样,动力的问题就凸显了出来。

1769年,有个名叫阿克莱特的钟表匠,看到农村用水力来碾磨面粉,受到启发,设计了一种水力纺纱机,可以同时带动许多纱锭。这个发明一下子改变了英国工业的结构。因为,手摇的"珍妮机"可以在家庭里生产,而水力纺纱机需要大工厂生产。不久,阿克莱特就成为英国最初的工厂老板。

纺纱机的发展又推动了织布机的发展。1785年,有个名叫卡特莱特的人,发明了一种水力织布机,把织布效率提高了四十倍。

但是,用水力的工厂只能设在乡下的河边,交通不便,运输困难;况且水力的多少还要受季节的影响,不能持续稳定地生产。于是,瓦特打算制造一种不受地方限制的发动机。他想起了童年时代看到的水蒸气能顶动壶盖的情景,准备用蒸汽作为新的动力。他孜孜不倦地阅读了许多关于用蒸汽做机械动力的资料,为此,还学会了德文和意大利文。

机会来了! 1763年,大学里来了一台蒸汽机的模型,要瓦特负责修理。瓦特就和两个曾经修理过蒸汽机的工人一起,详细地研究起来。

原来,17世纪后期,法国人帕旁就开始试制蒸汽机。1698年,英国人萨浮里发明了蒸汽抽水机,可以用来为矿井抽水。但是,这种蒸汽机消耗的燃料很多,使用又不安全,所以没有推广开。1705年,英国人牛考曼制成了改良蒸汽机,但它的温度无法控制,忽冷忽热,缺点很多。这次瓦特负责修理的,正是牛考曼式蒸汽机的模型。

"我要造一台比它更好的蒸汽机!"瓦特一面修理,一面暗下决心。

一年以后,一台由瓦特自己制造的蒸汽机开始点火了。煤火燃旺后,水温开始升高,接着沸腾起来。瓦特高兴地打开了蒸汽机的开关,但是,它却一动不动。"咦,怎么不动呢?"瓦特感到十分奇怪。再仔细一看,只见蒸汽从四面冒漏出来,把整个屋子弄得全是水汽。漏气的蒸汽机当然动不起来,瓦特失败了。

"怕什么,我一定要成功!"瓦特面对失败,决心却更大了。

但是,大学里并没有试制蒸汽机的计划。要试验、制造,一切费用都需瓦特自己承担。他把家里所有的钱拿出来搞试验,失败了！向亲戚、朋友借钱来搞试验,也失败了！向高利贷商人借钱来搞试验,又失败了！瓦特为了制造蒸汽机,弄得债台高筑,走投无路。

"瓦特,机会来了!"一天,瓦特的朋友特地来找他。

"谁要制造蒸汽机?"瓦特从绝望中看到了希望。

"伯明翰有一个铁厂的老板,他想制造蒸汽机。钱有的是,就是没有人。"

"我去！我去！"瓦特高兴得跳了起来。

在伯明翰,铁厂里有许多熟练的机械工人。瓦特在他们的帮助下,经过反复实践,终于在1769年制成了一台装有分离冷凝器的单动式蒸汽机。这台机器工作正常,而且安全可靠,大家都说瓦特的发明成功了。

"不！它只是单动式的。我要制造联动式的,让它更好地运转!"瓦特并不满足于自己的成就。

1782年,联动式蒸汽机试制成功。用它做动力,可以带动各种机械。这就是我们现在使用的蒸汽机。

1807年,美国人富尔把瓦特的蒸汽机装在轮船上。从此,轮船通航到全世界。

1814年,英国人史蒂芬逊把瓦特的蒸汽机装在火车上。从此,铁路交通遍及五大洲。

瓦特于1819年逝世。他在发明蒸汽机的同时,还发明了气压表、汽动锤等。科学家们为了纪念瓦特的伟大发明,把发电机和电动机的功率计算单位定为"瓦特",简称为"瓦"。现在我们家里用的电灯、电视机、电熨斗等,都是用"瓦"来计算功率的,这就是在纪念瓦特呢！

蒸汽机的发明给各行各业解决了动力的难题。于是,英国工业出现了巨大的飞跃。使用机器的大工厂成百成千地出现。不到一个世纪,英国的工业基本上实现了机械化,这就是举世闻名的"英国工业革命"。

达尔文环球考察

达尔文是一个人的名字,也是一种甲虫的名称。甲虫为什么要取人的名字?这里有一段有趣的故事。

一个大学生剥开一棵老树的皮,发现了两只奇特的甲虫,马上左右开弓抓在手里。突然,树皮里又跳出一只甲虫,他迅即把手里的甲虫塞到嘴里,去抓第三只。嘴里的甲虫憋不住了,放出辛辣的毒汁,把这大学生的舌头蜇麻了。

这个大学生就是达尔文。人们为了纪念他发现这种罕见的甲虫,就把它命名为"达尔文"。

查尔斯·达尔文1809年生于英国。父亲是一个著名的医生,希望自己的儿子子承父业,也做医生。但是,达尔文从读中学起,就整天喜欢打猎、养狗、捉老鼠。进了医科大学后,又成天去收集动植物标本。父亲没办法了,把他送进神学院,叫他每天学神学、读《圣经》。可是,达尔文却经常溜到野外去采集标本。上面那个故事,就是在他读大学时发生的。

1831年,达尔文大学毕业。按照他的专业,他应该进教会做一名牧师。然而,为了研究动植物,他放弃了牧师的优厚待遇,经人推荐,以"博物学家"的身份,自费搭船,登上"贝格尔"号海军勘探舰,进行艰苦的环球考察。

"扑通!"一个海浪打来,船在波涛中一上一下地颠簸着。达尔文第一次出海,头晕得厉害,吃下去的东西全吐出来了,胃痛得像被撕破一样。好心的水兵劝他躺下休息,可是达尔文却拿了一张网,一步一晃地走到甲板上,把它挂在船尾下面,收集大海里的小动物。接着,他又在舱里把这些动物制成标本,并用文字记录下来。他实在痛极了,只能一面写,一面用左手使劲地按着自己的胃部。

"达尔文先生,舰长请您到甲板上去!"一个水兵进来通报说。

达尔文头晕得厉害,只能摇摇晃晃地挣扎着爬上去。

"这是什么灰尘?"舰长掌心里握着一把灰尘,问达尔文。

"熔岩灰。"达尔文看了一眼之后肯定地回答。接着,他反问舰长:"哪里来的?"

"是强烈的西南风把它吹上桅杆的。"

"噢,一定是从南美洲吹来的,"达尔文顿了一顿,坚定地说,"让我上去再取一些来。"说着,他攀住桅杆就向上爬。

舰长急得满头大汗。在大海里,爬上桅杆是极危险的事,何况达尔文是首次出海,还在晕船呢! 他马上向站在身边的一个上尉军官下达命令:"你也爬上去,保护他!"

达尔文以惊人的毅力,爬到桅顶上,抓了一大把熔岩灰下来,带往他的工作室。

当舰长走进达尔文工作室的时候,只见他正用显微镜仔细地观察着熔岩灰,嘴里不住地说着:"你来看啊,有许多小动物呢！是南美洲吹来的……"他的一只手还在紧紧地按着胃部。

1832年1月,船停泊在大西洋中佛得角群岛的圣地亚哥岛。水兵们都去考察海水的流向。达尔文和他的助手科文顿背起背包,手拿地质锤,爬到山上去收集岩石标本。

一路上,达尔文把各式各样的石头敲下来放进背包,有黑色的,白色结晶的,还有中间夹着一束花纹的……石子的花色可真多呢！

"达尔文先生,这些乱七八糟的石头,到底有什么用?"助手好奇地问。

"你看,石头是有层次的,每层石头里有着不同的贝壳和海生动物的遗骨,它能告诉我们关于不同年代生物的事情呢!"达尔文耐心地解释说,"千万不能让有价值的资料溜掉啊!"

助手佩服达尔文的好学精神,用心地替他收集各种动物的化石。夜里,达尔文把收集的石块贴上标签,写下收集的经过。

1832年2月底,贝格尔舰到达巴西,达尔文上岸考察。他走遍荒无人烟的热带森林,勇敢地从毒蛇和猛兽旁边穿过。有时顶着炎热的太阳,有时又冒着大雨,终于采集了许多古生物的化石。

一次,他走进了一座深山,看见几只黄蜂围着一只蜘蛛,把它蜇得半死,然后把蜂卵产在蜘蛛的身体里。"啊！你来看啊,"他兴奋地招呼他的助手,"你看,这蜘蛛很快就要成为小黄蜂的点心了!"他的助手看到黄蜂的这种养育幼虫的特殊方法,感到惊讶不已。

又一次,达尔文走进一片大沙漠。他问当地的高卓人:"这里有什么特殊的动物和植物吗?"高卓人想了一想说:"这里的鸵鸟很奇怪,总是雌鸟集体下蛋,叫雄鸟去孵蛋,然后这些雌鸟再到别处去集体下蛋。"于是,达尔文和他的助手走进无边无际的沙漠,花了好几天时间去观察鸵鸟下蛋的情况。一天达尔文终于弄清楚了,高兴地对助手说:"你看,雌鸵鸟三天下一个蛋,一次连续下十多个,总共要一个多月。这里天热,隔一个多月,蛋不是要臭掉吗?所以,它们就集体下蛋,叫雄鸟去孵。"这样,达尔文又获取了许多世人不知道的生物知识。

热带地区的传染病很多,有一种"热病",欧洲人从来没有见过,谁得了这个病,三四天内就要死去。不到半年,因为这种病水兵中已经死了三人。有人劝达尔文为了安全起见,不要再单独出去考察,可是,达尔文却在酝酿一个新的壮举。

"舰长,我想攀登安第斯山脉,请您批准!"达尔文考虑成熟后,说出了自己的打算。

舰长听了摇摇头说:"这个山脉,山连山,峰连峰,一共有五千五百英里(约八千八百公里)长呢!它的最高峰有两万二千八百英尺(约七千米)高,你怎么攀得过去?"

"我从来不跟着任何人的足迹走,我要走前人没有走过的路!"达尔文坚定地握紧双拳,表达了自己的决心。

舰长被达尔文的热情所感动,给他派了两个向导、十头骡子和一匹马,组成了一个登山队。

当他们爬到四千多米的高山时,达尔文发现了贝壳的化石。贝壳是海底动物,怎么会到高山上去呢?达尔文经过反复推敲,终于明确了地壳升降的道理。他激动地说:"看,这么高大的山脉地带,在许多万年以前,原来是一片海洋啊!"

再往上登,气候愈来愈冷,空气愈来愈稀薄。每走一步,就要喘一大口气。最苦恼的是东西煮不熟,烧了半天,水还是温的,土豆还是生的,但水已经化为蒸汽,烧干了。他们忍受着难以想象的困难,一举登上了安第斯山的最高峰。

"啊!美丽的大雪山,你已经在我脚下啦!"达尔文高兴地遥望着苍茫的大地。忽然,他又掏出笔记本,记录着新的发现。原来,他发现,山脉的两边,植物的种类并不相同;即使同一种类,样子也相差很远。它们为什么会有明显的差别呢?一个新的理论假设,跃进了达尔文的大脑:物种不是一成不变的,而是随着客观条件的不同而相应变异!

这一天,达尔文来到大海边。他发现了一个古动物的骨坑。经过发掘,他得到了九种世界上已经不存在的古动物骨骸。达尔文高兴地为这些古动物起了名字:大懒兽、大脘(音 ān)兽、被甲懒兽、磨齿兽、巨大贫齿四脚兽、厚皮兽、箭齿兽……

"咦,这真奇怪!"当仔细观察箭齿兽的时候,达尔文发现它的牙齿像陆上动物,而眼耳鼻的位置却像水中动物。"这到底是什么原因呢?"达尔文脑海中出现了一个很大的问号:新的生物是如何在世界上产生的?

这个问题,在太平洋上的加拉帕戈斯群岛考察中,终于得到了解答。

那是在1835年秋天,达尔文考察了这个群岛中的每一个岛屿,抓来了许许多多反舌鸟。但是,每个岛上的反舌鸟都有自己鲜明的特征,有的嘴大,有的嘴小,有的嘴粗,有的嘴细……

"达尔文先生,"舰长走进他的工作室,笑着说,"这么多相同的鸟,对你有什么用呢?"

达尔文摇摇头说:"都不一样,是同一个种类里变化出来的。"

舰长是一个虔诚的基督教徒,听了以后大不以为然,严肃地说:"任何东西都是上帝创造的,上帝创造的东西是不会变化的!你不可以这样讲啊!"

这时,达尔文的理念已经成熟了,他很有信心地说:"舰长先生,这些鸟的祖先,都在南美大陆。由于种种特殊的原因,例如乘风飞来啊,靠大鸟带来啊,靠木片浮来啊,它们来到了不同的岛屿。岛的四周是水,它们没法飞出去,就在各自的岛上生活,年长月久,因为环境不一样,为适应环境,就产生了物种的变异。"

"你说什么?"

"物种变异!也就是说,生物为了适应环境,产生种种变异,经过遗传和自然选择,逐渐形成了新的物种。"

"你难道不相信万物是上帝创造的吗?"

"我相信上帝,更相信真理……"

在五年的环球考察中,达尔文收集了大量的标本。回国后,又做了近二十年的实验,研究了上千种有关生物的书籍,包括中国古代的农业巨著《齐民要术》,终于在1859年写出了划时代的生物进化论巨著——《物种起源》。之后,又写出了《动植物在家养下的变异》《人类起源》等重要著作,为人类文明做出了巨大贡献。他的进化论,是19世纪自然科学三大发现之一(其他两个发现是能量守恒和转换定律、细胞学说），代表了当时科学发展的最高水平。

1882年,达尔文逝世了。他留给了全世界一句名言,那就是:对于科学,坚持者,必可成功!

彼 得 大 帝

荷兰的海岸,景色迷人。远眺,碧绿的海面上点缀着一张张雪白的船帆;近看,洁白的风车叶片在蓝天中飞速地旋转,宛如一幅神奇美妙的图画。

滨海城市萨尔丹,是荷兰著名的造船业中心。那里有巨大的造船工厂。1697年,有个俄罗斯"大使团"来到了这里。说也奇怪,这个使团总是往船厂里跑,不厌其烦地打听造船的方法。其中有一个二十多岁的高个子青年,索性住进了一个铁匠的小屋,到船厂的木工间当了一名普通木匠。这名青年身强力壮,臂力过人,干起活来生龙活虎,休息的时候总是虚心地向老师傅请教造船的技术,并且不时地在小本子上记录着。

船厂的工人感到十分奇怪,仔细地观察着这个俄国青年的一举一动。他自称米哈依洛夫,职业是水手,在使团里是一名下士随员。他往国内写信时,总要盖上一个图章,上面刻的是"一个寻师问道的学生"。更令人惊异的是,使团里的官员经常来看望这个随员,态度竟是那样的恭敬;而这个随员跟官员们讲话时,态度又是那样的随便。

荷兰工人都在窃窃私语。一个工人说："他大概是一位皇子吧？"许多工人都有相同的感觉。其中有个工人甚至大胆猜测说："他可能是沙皇！我到过俄国，听说沙皇彼得有两米高，跟他的身材差不多。"

于是，好奇的荷兰人一下子都涌到这个俄国青年面前，直截了当地问他："你是不是沙皇？"

米哈依洛夫坚决不承认自己是沙皇，但是，好奇的荷兰人还是不断地询问他的真实身份。他被问得没有办法了，只好迁居阿姆斯特丹，到一家船厂里去当学徒。在那里，他一连工作了四个月，直到把一艘大船造成为止。这期间，他一有空就往其他工厂或博物馆跑，抓紧一切时间多学一些科技知识。此外，他还拜访了荷兰有名的科学家和画家，了解当地的文化建设。

接着，这个使团又来到了英国。米哈依洛夫在泰晤士河的一家船厂里研究造船技术，前后待了两个月。他的兴趣极其广泛，在伦敦研究了英国的国家制度，甚至还争取列席英国议会的会议呢！

大使团到了维也纳，这个青年的身份公开了。原来，他果真是俄国的沙皇彼得一世。"米哈依洛夫"是他的化名。在维也纳，他以俄国君主的身份，同奥地利国王进行正式会谈。

一个俄国的沙皇，为什么要隐瞒自己的身份去出国游历呢？原来，俄国是一个内陆国家，没有出海口，彼得迫切希望建立一支强大的海军，打通出海的门户。用他自己的话来说，叫作"水域——这就是俄罗斯所需要的"。

彼得离开维也纳准备到威尼斯去的时候，从莫斯科传来了一个惊人的消息，他的姐姐索菲亚公主准备策动军队夺取政权。

于是,彼得连夜赶回莫斯科,把姐姐关进修道院,逼令她当一名修女。同时,用武力镇压了反叛的军队,亲自对叛军进行审问,先后处死了七百九十九名军人,从而巩固了自己的政权。

接着,彼得着手对国内的各个领域实行改革。

首先是改革礼仪制度。

他为了躲避盛大的欢迎仪式,没有声张地回到了自己的别墅。第二天,大臣、领主、贵族、大商人都来觐见彼得。他们看到沙皇,"扑通"一声,一齐跪在地上。

"不!不!"彼得连忙客气地对他们说,"下跪是旧的仪式,现在不时兴了,大家请起来!"从此,彼得禁止了俄罗斯通行了几百年的下跪仪式。

大家站了起来,不知所措地望着沙皇。这时,沙皇彼得却拿出一把剪刀,走到领头的那个贵族面前,笑着说:"哈哈!你的胡子该剪一剪了。"顺手把贵族的胡子统统剪了下来。

俄罗斯的男子历来都是留胡子的,三十岁左右的人已经满脸长须,行动很不方便。从这以后,大家都遵照彼得的命令,把胡子剪了。

彼得又走过去拉拉他们宽大的俄罗斯长袍,再指指自己穿的紧身西服,说道:"穿这种长袍太麻烦了,妨碍工作,一定要改!"从此,他下令禁止穿长袍,一律改穿西服。

此外,彼得还对文化教育体制和官制进行了改革,筹建科学院,创办报纸,按知识才能和贡献来选拔官吏等。

第二步,也是最主要的,是改革军队。

彼得下令在农奴、奴隶、自由民之中征募士兵。新兵仿照西欧步兵的模样,穿暗绿色军装,戴三角形军帽,在莫斯科附近接受军训。仅仅三个月的工夫,他就创建了一支三万两千人的军队。1700年,彼得发动争夺波罗的海的战争。当时波罗的海的东岸和北岸,大多是瑞典的领土,于是,彼得率领军队向瑞典发动了进攻。结果,在纳尔瓦打了大败仗,许多俄罗斯士兵被瑞典俘虏,好不容易铸造起来的大炮,全被瑞典抢走了。

大炮没有了,军队损失了,下面的仗该怎么打呢?

彼得下令,在每三个教堂中,拿出一个教堂的大钟来铸炮。当时的大炮是铜铸的,教堂的大钟有好几吨重,拿来铸炮确是一种简便的做法。一年以后,彼得铸成了三百门大炮。

彼得改革了传统的职业兵和雇佣兵的制度,用服兵役的形式组织新军。不论是平民还是贵族的子弟,都要当兵,这样很快就组成了一支新的俄罗斯军队——龙骑兵和步兵。

1701年,数万名俄罗斯士兵在数百门大炮的掩护下,又一次向瑞典军队进攻。这次他们胜利了。1703年,彼得的军队打到涅瓦河的口岸,占领了沿海的大片土地。

"波罗的海打通了!"彼得为夺得出海口而欢呼。于是,他决定在沿波罗的海的涅瓦河口建一座城市——彼得堡。经过十年的努力,1713年新城建成,彼得随后把首都从莫斯科迁往彼得堡。

夺取了出海口,彼得更迫切地需要一支强大的海军。他下令,一般农奴每一万户要缴纳一艘战舰,耕种教堂地产的农奴八千户缴纳一艘战舰。同时,增加对城乡居民的税收,什么"人丁税"(每个人要缴税)、"烟囱税"(每户人家要缴税)、"胡子税"(留胡子的要缴税)等。捐税多得不得了,人民十分痛苦,但在彼得看来,钱就是战争的动脉!

与此同时,彼得又大力鼓励本国商人和外国商人投资发展工业,先后开办了冶金、纺织、造船等工厂二百多家。在乌拉尔建立了俄国的第一个冶金工业基地,生铁和铜的产量大幅度增长。在这里劳动的不是雇佣工人,而是毫无自由的农奴。不过,这客观上为军工工业打下了基础。

经过了这一番努力,俄国终于建立起一支强大的海军,把瑞典的军队彻底打败,甚至把瑞典的国王也俘虏了。到了1721年缔结和约的时候,俄国已经占领了波罗的海的里加湾、芬兰湾、卡累利阿的一部分,以及爱沙尼亚、拉脱维亚等波罗的海沿岸的广大地区,成为欧洲的一个强国。

这一年,俄国枢密院尊称彼得为"大帝"和"祖国之父"。从此,俄国的国号改称为"俄罗斯帝国"。

明 治 维 新

1867年深秋,是日本国的多事之秋。正当金黄色的落叶从树上飘下来的时候,传来了世界要来个翻天覆地的大转变的消息。

"太好啦!时势要变啦!"

"倒霉要变成好运啦!太好啦!太好啦!"

成千上万的日本人,有男有女,有老有少,穿着红红绿绿的漂亮衣服,敲起了皮鼓铜钹,弹起了大小弦琴,唱着歌儿涌上街头。他们看到富商的米店,马上冲进去抢个精光;遇到富商的布店,立即冲进去砸个稀巴烂。人们恨透了那些专门囤积居奇、剥削百姓的豪富,狠狠地收拾了他们。

这次暴动,席卷了日本的京都以及名古屋、大阪、横滨、江户等各大城市,弄得统治日本的德川幕府手忙脚乱,一筹莫展。

就在这一年,日本的老天皇亡故了,皇太子睦仁即位,史称"明治天皇"。当时,明治只有十五岁。日本西南部的诸侯武士们,想乘机推倒德川幕府,建立以天皇为首的政权。

七百年来,日本国的天皇只是名义上的国家元首,实权一直掌握在"幕府"手里。幕府由德川一家世袭,他们名义上是"大将军",实际上自称"大君",对外代表国家,对内主持政局,大权独揽。最关键的是,幕府并没有设在首都(京都),而在江户(即今东京)办公。而且幕府处理国家大事,往往自作主张,根本不把天皇放在眼里。

阴历十月十三、十四两天,西南几个诸侯的代表大久保利通、木户孝允、西乡隆盛等人,在京都召开会议,商量推倒幕府的事情。他们弄到了一张明治天皇的"讨幕密诏",个个笑逐颜开,想马上出兵去讨伐德川。

"天皇的诏书在手,不怕德川不投降!"一个诸侯的武士说。

"对,我们现在对幕府动手,真是名正言顺!"另两个附和说。

正在这时,门外突然闯进了一个宫廷侍卫,急匆匆地说道:"报告各位大人,德川幕府上表啦!他们说'奉还大权',要把权力交还给天皇呢。"

"啊?!"诸侯武士们一下子呆住了,他们异口同声地说,"倒给德川这家伙抢先了一步!"

其实,德川要把大政"交还"天皇,是一个骗局。他想通过这个机会,借天皇名义,自己到京都去执掌大权。这样,西南各诸侯推倒幕府的计划就成了泡影。

西南各诸侯的武士们不是傻瓜。他们一看德川抢先了一步,马上调兵遣将,把武装力量全部集中到京都,准备起事。

这一年的阴历十二月九日(公元1868年1月3日),西南各诸侯的部队包围了皇宫,解除了德川幕府驻皇宫警卫队的武装。他们簇拥着年少的明治,召开御前会议,宣传"王政复古",即像远古时代一样,大权全归天皇掌控。大久保利通、西乡隆盛、木户孝允等人,一个个当上了朝廷大官。他们宣布:撤销幕府的一切权力,勒令德川交出封地和所有财产。

德川连忙逃出京都。他与英、法两国的使节密谈以后,在大阪集中了全部兵力,杀气腾腾地向京都进犯。

德川的军队很快进驻到京都的西南郊,在鸟羽、伏见两个街区同政府军相遇,展开了决战。论人数,当然是德川的兵力占优势,但是,他们是靠外国人撑腰的,日本老百姓不支持。明治的政府军有大资产阶级三井财团的金钱支援,又有名正言顺的"讨伐叛逆"理由,得到了百姓的支持,形势要比德川有利得多。两军一接触,德川方就吃了败仗。德川本人被迫逃回江户。

1868年4月,双方达成协议,德川放弃一切权力,降为诸侯,国家的权力归明治天皇掌握。紧接着,明治将日本国的首都迁到江户,改名"东京"。

明治掌权以后,颁布了一系列消除封建势力、发展资本主义的"维新"法令,全日本出现了一个兴办教育、开办工商企业和大练新兵的高潮。二十年以后,日本因此成了东方的资本主义强国。这就是日本近代史上有名的"明治维新"运动。

电灯的来历

电灯,是我们家家户户都使用的照明工具。可是你知道吗,它问世才一百年呢!说起它的来历,还有一段动人的故事。

在电灯问世以前,人们已经初步掌握了有关电的知识。19世纪初,英国一位化学家用两千只电池和两根炭棒,制成了世界上第一盏弧光灯。但是,它的光线很强,只能安装在街道或广场上;燃着时嘶嘶作响,噪音很大,寿命也不长,因此不适合一般家庭使用。当时,人们普遍使用的是煤油灯或煤气灯,这种灯烧起来有黑烟和臭味,要时常添加燃料,擦洗灯罩,而且很容易引起火灾。所以,许多科学家都在动脑思考,设法制造出一种能供一般家庭使用的电灯。

首先发明出这种电灯的,是三十二岁的爱迪生。说来你可能不信,他只在学校里读过三个月的书!

爱迪生,1847年生于美国俄亥俄州的米兰镇。他少年时代做过小生意,卖过报;青年时当过电报报务员和技师,是个极其热爱科学实验的人。在发明电灯前,他已经发明了自动电报机,二重、四重、六重发报机,协助朋友制造出了世界上第一架英文打字机，还发明了留声机，在那时已经很有名望了。

1878年9月，爱迪生决定着手攻克电力照明这个难题。他给自己所要试验的照明灯定下了几个要求：它至少要像煤气灯那样简便，能够装在各处，适合各种条件下的室内室外使用；它必须结构轻巧，价钱便宜，非常耐用，而且要无声、无臭、无烟，对使用者的健康没有丝毫不良影响。

爱迪生从试验白热灯下手。这种灯的原理是，把一小截耐热的东西装在玻璃泡里，当电流把它烧到白热化的程度时，便由热而发光。

首先是要给灯找到一种合适的耐热材料。他先用炭来试，结果一下子就断裂了。

"这究竟是什么原因呢？"爱迪生又拿起玻璃泡，翻来倒去地看个不停。他忽然想到："也许这里面有空气，空气中含有氧，而氧是帮助燃烧的！"于是他取来了自己手制的抽气机，尽可能地把玻璃泡里的空气抽掉。再一通电，果然没有马上熄掉。但八分钟后，灯又灭了。

爱迪生高兴地对助手说："这说明真空对白热灯有着很重要的意义！就是那炭丝不行，用白金来试试怎么样？"

助手说："嗯，白金熔点高，可能会好些。"说罢就到材料库里取来了白金。

爱迪生用白金试了好几次，结果也并不理想。于是他想，白金的熔点在金属当中要算高的了，可还是会熔断，可见还得在电灯的结构上动动脑筋。如果装个什么导热的东西，把白金丝受的高温传散开，那寿命不是可以延长了吗？这一改进，果然使电灯发光的时间延长了很多，但还会不时地自动熄掉再自动发光，总是不够理想。

尽管如此,爱迪生开发民用照明灯的消息一传开,整个美国轰动了,甚至波及英国,使伦敦的煤气股票价格狂跌百分之十二。美国有个名叫摩根的大资本家,预测不久后电灯就会取代煤气灯,做电灯生意会发大财,于是联合了几个投资人,拿出三十万元,派代表去跟爱迪生商量,说要与他合伙办个电灯公司。那时爱迪生手头正缺试验费用,也就同意了。

第一笔试制费五万元很快拨到了爱迪生手里。他添置了设备,加盖了房子,并将工作人员增加到二百人。

试制工作紧张地进行着,但成功似乎还遥遥无期。爱迪生试用了钡、钛、钼等各种稀有金属,都不甚理想,而那五万元钱却用得差不多了。

一天晚上,爱迪生拨开煤气灯,取出纸笔,把自己所能想到的各种耐热材料全部写下来。写了又想,想了又写,最后清点一下,足足有一千六百种!第二天他安排人手,对这一千六百种耐热材料分门别类地进行试验;同时又改进抽气方法和设备,力求使玻璃泡内达到更高的真空程度。

不料试来试去,还是白金最合适。由于改进了抽气方法,灯的寿命已延长到两个小时。但白金太昂贵了,用它做灯泡,谁买得起呢?

一天,他坐在椅子上考虑下一步该用什么材料来试验,想着想着,随手拿起桌上一卷棉纱玩弄着。突然,他脑子里闪出一个念头,便扯断一截棉纱,把它放到炉火上烤了好长时间。棉纱被烤得焦焦的,变成了炭。他小心地把这些炭装进玻璃泡里,一试验,效果非常好,不禁自言自语道:"炭,炭,还是用炭!炭比白金还要好！"

爱迪生抓住这个灵感，连续试验，使灯泡的寿命一下子延长到十三个半小时，后来又延长到四十五个小时。

大家高兴得不得了，认为已经成功了，爱迪生却一句话也没说，沉默了好久才宣布说："不成，我们还得找其他材料！"

助手们听了都惊诧地问："亮了四十五个钟头还不成？"

"不成，差得远呢！"爱迪生摇摇头说，"我希望它能亮上一千个钟头。要是拿出去卖给大家用，那么最好是一千六百个钟头！"

大家一算，每天亮四个多小时，一千六百个小时就可以用上一年。这当然很合乎理想，但需要找到更合适的材料，难度太大了。

爱迪生根据棉纱的性质，决定从植物纤维方面去寻找新的灯丝材料。

试验几乎是不分昼夜地进行着。凡是植物学上的纲目科别，只要能找到的，爱迪生都试过了，甚至连马的鬃毛、人的头发和胡子也都拿来当灯丝试验。试验的范围不断扩大，灯泡的寿命也越来越长。到1880年5月，他们已经累计试验过六千种植物纤维材料，灯泡已能连续点燃三百个小时。

天渐渐热起来了。有一天，爱迪生在实验室里考虑建设电灯工厂的事，忽然感到闷热，便顺手拿起一把竹扇扇凉。扇着扇着，心血来潮，当即把扇子扯得稀烂，取了一片，放在显微镜下仔细观察，竟高兴得哈哈大笑起来。他把扇片炭化后装进玻璃泡，通上电，嗨，竟连续不断地亮了一千二百个小时！

"这下该满意了吧？"助手们都这样想，但又不敢把话说出口。看到爱迪生还在不断地翻书,有个助手终于忍不住问道:"怎么,还要找新材料?"

爱迪生这回没说还差得远,只是兴冲冲地说:"你们看,世界各地有这么多种类的竹子,我们得好好挑选才行。"

大家这才松了口气。爱迪生干什么事都是想到就立马行动。他当即派出几个人,到世界各个产竹区去采办竹子样品,进行试验对比。经过比较,发现日本出产的一种竹子最适合制作灯丝。于是又派人到日本去,跟当地农民接洽,请他们大量培植,并且订立供销合同。同时又开设发电厂,大规模地架设电线。不久,几百万只价廉物美的灯泡就供应到了市场上,让人们普遍使用。

使用电灯的人越来越多,有时使用不当,难免出些事故。为了确保用户安全,爱迪生又想出了一个办法,在电线的某一地方装上一小段锌丝。这锌丝的熔点比电线低,只要线路上电流过强、热度过高,锌丝就会先熔化,电路也会立即中断,不致起火。这就是最早的"保险丝"。

竹丝灯在社会上流行了好多年。后来,爱迪生又用化学纤维代替了竹丝,灯泡质量又有了提高。到1906年,才改用钨丝来做灯丝。这就是今天人们普遍使用的电灯泡。

爱迪生活了八十四岁。他一生有一千多项发明,在电影技术、矿业、建筑、化工等方面,也有不少著名的发明。所以人们称他为"发明大王"。

镭 的 母 亲

镭,是一种稀有的天然元素。它不需要借助任何外物,就能自己发光发热,具有很大的能量。镭的发现,开辟了科学世界的新领域,由此诞生了一门新兴的放射学,还推动了原子科学的发展。后来,镭又用在了医学上,大大造福于人类。

下面,就是发现镭的故事。

1891年冬天,一个瘦弱的波兰女青年只身来到巴黎。

她是乘四等车来到巴黎的。在她随身携带的行李中,有一只棕色大木箱,上面写着:玛·斯。这是她的名字玛丽·斯可罗夫斯卡的缩写。

出站后,她登上了一辆双层的公共大马车,爬上那不蔽风日的"顶层"。那里不仅票价便宜,而且可以饱览巴黎街道的景色。

马车向前行驶了。她伸着脖子好奇地观望着周围的一切。当马车驶近巴黎大学的时候,她下了车,急匆匆地向那座知识殿堂跑去。

"啊,11月3日开课!"她读着大学墙上贴着的一张布告,心头充满着喜悦。

玛丽那年二十四岁。十六岁时,她以优异的成绩从华沙女子中学毕业,获得金质奖章。那时的波兰已被俄、普、奥三国瓜分,波兰女子没有上大学的权利。玛丽家境贫困,无力到国外留学,因此到乡下当了五年家庭教师,攒了一点钱,准备到巴黎上大学。现在,她的愿望就要实现了。

玛丽最终进了巴黎大学理学院读书。巴黎大学是欧洲著名学府,那里有相当多的著名科学家和教授。这个贫穷的波兰姑娘上课来得很早,总是坐在教室的第一排,全神贯注地聆听教授的讲解。课后不是搞实验,就是到图书馆读书或学习法语。很快,她成了全班最优秀的学生。

与此同时,玛丽过着非常艰苦的生活。她租了一个又小又矮的阁楼,夏天闷热,冬天寒冷。为了挤时间学习,她经常几天不做菜,只吃一些涂上黄油的干面包。晚上为了节省灯油,就到附近图书馆看书;图书馆关门后,她回家点起小煤油灯,一直学习到凌晨两三点钟才睡下。

由于长期营养不良,她得了贫血症。有一天,她突然在一个同伴面前晕倒了。同伴吓得慌了手脚,连忙去喊她的姐夫来救治。

玛丽的姐夫是个医生。他赶来时,玛丽已经醒过来,并且在预习第二天的功课了。他检查了玛丽的身体,又察看了她干净的碟子和空空的蒸锅,全都明白了。

"今天你吃了些什么东西?"

"今天?……我不知道……好像我刚吃了午饭……"

"你究竟吃了些什么东西?"姐夫紧紧追问。

"一些樱桃,还有……还有各种东西……"

后来,玛丽不得不说实话:从前一天晚上起,她只生吃了一把小萝卜和半磅樱桃,睡了四个小时!

这个贫穷的波兰女学生,就这样在巴黎大学里刻苦地学习着。1893年夏,她以第一名的成绩从物理系毕业,获得物理硕士学位;次年夏天,又以第二名的成绩从数学系毕业,获得数学硕士学位。

毕业后,玛丽本来想回波兰为祖国服务。但是,由于结识了志同道合的法国物理学家皮埃尔·居里,她最后决定留在法国工作。1895年,玛丽和居里结婚。之后,人们称玛丽为居里夫人。

就在他们结婚这一年,德国科学家伦琴发现了一种能透过固体物质的X光射线。第二年,法国物理学家贝克勒,又发现铀盐矿物能放射出一种与X光相似的奇妙射线。

为什么铀盐矿物能放射出这种射线呢?玛丽对这个问题产生了强烈的兴趣。她决定把这个课题作为她博士学位的论文题目,从而开始了科学史上一次伟大的探索。

玛丽借助简陋的实验设备,经过广泛实验,发现凡是含有铀和钍的矿物,都有放射性;进而又发现,沥青铀矿的放射性强度更大。她由此做出一个大胆的设想:也许这些矿物里含有一种未知的元素!

这个问题太重大了,居里决定放下自己的科学研究,同她合作,一起研究这个课题。

他们用化学的方法,从沥青铀矿中提炼这种未知的新元素。经过两年的努力,他们终于获得一种放射性元素,它的放射性比纯铀强九百倍。1898年底,他们宣布发现了这种新元素,并称它为镭。这一年,玛丽三十一岁。

但是,证实发现了一种新的元素的存在,必须同时测出它的原子量。这比发现它的存在更为艰难。居里夫妇决定从大量的沥青铀矿中把镭提炼出来。

铀沥青矿石价格昂贵,他们根本买不起。怎么办呢?他们便购买它的残渣。提炼镭需要具有一定设备的实验室,可是巴黎大学拒绝了他们的请求。那又怎么办呢?最后,他们向一所学校借了一间破木棚,把它作为提炼镭的实验室。

经过四十五个月的辛勤工作,居里夫妇终于在1902年提炼出了十分之一克的镭,并且初步测定了它的原子量,还确定它的放射性比铀强两百万倍。

镭的发现和提炼成功,轰动了全世界。第二年6月,居里夫人获得了物理学博士学位。同年11月,居里夫妇获得了伦敦皇家学会的最高奖赏——戴维奖章。一个月后,他们又获得了诺贝尔物理学奖。

一天,玛丽的一个女朋友到她家做客,看到她的小女儿正在玩弄那枚金质的戴维奖章,不由得大吃一惊。

"哎呀,居里夫人,这奖章代表着极高的荣誉,你怎么能让孩子玩呢?"

玛丽笑了笑说:"我是想让孩子们从小就知道,荣誉就像玩具,只能玩玩而已,绝不能永远守着它,否则将一事无成。"

不久,镭在医学上具有的重要价值被公认,好几个国家开始计划提炼镭,但技师们都不知道提炼它的方法。一天,从美国来了一封信,居里读后对他的夫人说:

"美国技师请求我们提供提炼镭的方法。"

"你看怎么回复呢？"

"有两种选择：一种是毫无保留地传授我们的研究成果，包括提炼方法在内……"

"是啊，"玛丽做了一个赞成的手势，"当然这样啰！"

"另一种是我们去领取这种技术的专利执照，以确定我们在世界各地造镭业中应有的权利。"

玛丽想了几秒钟，然后严肃地说："不行，这是违反科学精神的。"

居里故意说："你知道吗？这种专利代表了很多的钱，而且可以让我们有一个好的实验室。"

玛丽马上拒绝说："物理学家总是把研究成果全部发表的。我们的发现不过偶然有商业上的前途。我们不能从中牟利。再说，镭在治疗疾病上有用处，我们更不能借此求利。"

居里点点头，说："是的，我们不能这样做，因为这是违反科学精神的。我马上写信给美国技师们，把他们要的给他们。"

居里夫妇有着献身于科学的共同宏愿。可是非常不幸的是，1906年4月的一天，居里在横穿马路的时候，被一辆载货马车撞倒，当场失去了宝贵的生命。

一个月后，玛丽忍住悲痛，接受了巴黎大学打破常规的聘请，以代理教授的身份，继续讲授居里的讲座。两年后，她成为巴黎大学第一位实任女教授，讲授当时世界上最新的一门科学——放射学。同时她还继续进行着放射性元素的研究。1907年，她提炼出了纯镭，精确地测定了它的原子量。1910年，又进而分析出纯镭元素，由此测出了镭元素的各种性质。

1920年5月,一位美国女记者采访了玛丽。当谈起美国的时候,玛丽非常清楚地说出,美国什么地方存放有多少克的镭。

"那么法国有多少呢?"女记者问。

"我的实验室里只有一克镭。"

"您只有一克镭?"

"我?不,那不是我的,我一点也没有。这一克镭是属于我的实验室的。"

"如果您申请专利,马上就能成为非常富有的人,当然也会有镭。"

"不,镭是一种元素,它是属于全世界的!"

"假如世界上所有的东西任您挑选,您最需要什么?"

"我最需要一克镭,以便继续我的研究。但它的价格太高了,我买不起。"

那时,一克镭的市价是十万美元。这是一笔相当高的金额。女记者非常感动,决定为玛丽募捐这笔钱,用来购买一克镭送给她。一年后,她凑足了这笔钱,买了一克镭,由美国总统亲自转交给玛丽。

在举行赠送仪式的前夜,玛丽看了赠送证书后当场说:"这个文件必须加以修正。美国赠给我的这一克镭,应该永远属于科学。如果照证书上的说法,那么在我死后,它就成为私人,也就是我女儿们的财产。这是绝对不行的。"在她的坚持下,当晚找来了一名律师,对证书做了修改。

玛丽是法国科学院的第一位女院士。由于发现了镭以及在研究放射学方面做出的巨大贡献,她成为一位具有世界声誉的科学家。她一生中两次获得诺贝尔奖,接受了七个国家二十四次的奖励,担任了二十五个国家的一百多个荣誉职位,被人们誉为"镭的母亲"。由于长期接触镭射线,她的健康受到严重损害。1934年7月,这位发现镭的女科学家与世长辞。

爱 因 斯 坦

1911年,一位年仅三十二岁的学者,被著名的布拉格大学聘为教授。这位学者名叫爱因斯坦。

按照规定,在聘请之前,需要有被聘人的推荐书。爱因斯坦的推荐人是当时德国最著名的理论物理学家普朗克。他在推荐书中写道:

"如要对爱因斯坦的理论做出中肯评价的话,那么可以把他比作20世纪的哥白尼。这也正是我所期望的评价。"

这样的评价是否太高了呢?不,一点儿也不高。其实,爱因斯坦1905年就在物理学方面取得了重大突破,其中尤为突出的是创立了狭义相对论。那时他才二十六岁!

自从牛顿发现了万有引力定律以后,哥白尼的太阳中心说建立在了更加稳固的科学基础上。但是,牛顿力学的时空观是静止的、绝对的,空间、时间、物体和物体运动这四者是互相独立、没有什么内在联系的。而爱因斯坦的狭义相对论,从本质上改变了牛顿力学的时空观,说明上述四者不可分离地紧密联系着。空间和时间是统一的物质运动的存在形式,随着物质的运动而变化。物体的质量也不是固定的,运动的速度增加,质量也随着增加,从而揭开了原子论的秘密。他的这一理论,震动了物理学界,给他带来了极高的声誉,难怪布拉格大学要聘他为教授。

相对论太抽象了,就连大学生也不太理解。有一次,一群大学生来到爱因斯坦身旁,请他通俗地解释一下,什么叫相对论。

爱因斯坦看着这些男女青年,微笑着说:"你在一个漂亮的姑娘旁边坐了两个小时,觉得只过了一分钟;如果你挨着一个火炉,只坐了一分钟,却觉得过了两个小时。这就是相对论。"

这一伟大的理论,爱因斯坦是怎样创立的呢?

爱因斯坦1879年生于德国一个犹太人家庭。十六岁时,他因厌恶德国学校的军国主义教育,宣布放弃德国国籍前往国外。后到瑞士联邦高等工业学校学习物理。1900年大学毕业后一度失业。两年后,他被专利局雇为审核员,不久获准加入瑞士国籍。

爱因斯坦经过三年的刻苦钻研,终于取得了包括创立狭义相对论在内的一批突出的科学研究成果。其中另一项成果,后来获得了1921年度的诺贝尔物理学奖。

爱因斯坦在布拉格大学工作了两年以后,又获得了新的荣誉:1913年7月10日,他当选为普鲁士皇家科学院正式院士。

选举前,推荐人普朗克宣读了以他为首的几位著名科学家签署的推荐书。他说:

"签名人十分明白,他们为这么年轻的学者呈请科学院正式院士的任职,是异乎寻常的。然而他们认为,他本人的非凡成就,足以证明他符合院士条件。从科学院本身的利益出发,也应该尽可能为这样的特殊人物提供应选机会。推荐人坚信,对于爱因斯坦进入科学院,整个物理学界将会认为,这是科学院的一项特别重大的收益。"

选举结果,爱因斯坦以四十四票对两票当选。

这项荣誉太高了。要知道,当时爱因斯坦才三十四岁啊!若是别人,可能求之不得,但是,爱因斯坦的内心却充满着激烈的斗争。要知道,接受当选,势必要回柏林工作,即回到德意志军国主义的首府去,这意味着背离了原来的政治信念。但是,科学院的工作条件又强烈地吸引着他。因为作为科学院的正式院士,他可以享有柏林大学正教授的一切权利,但不必讲课,根本不必再为职业和生计而奔波。这在当时的欧洲大陆上是一个极为崇高的学术职位,使他可以将全部精力投入理论物理的研究中去。

考虑再三,他决定接受这一职位,并于次年4月侨居柏林,担任威廉大帝物理研究所所长兼柏林大学教授。

爱因斯坦到柏林后四个月,第一次世界大战爆发了。

在大资产阶级"爱国主义"和民族仇恨的盲目煽动下,德国九十三位著名科学家发表宣言,为德军的侵略行径辩护,甚至把手执屠刀的德国皇帝吹捧为"世界和平的卫士"。

爱因斯坦却拒绝在这份宣言上签字。他从幼年开始就憎恶战争,青少年时代又因为反对军国主义教育而离开德国。现在该做些什么呢?他同一位哲学家共同起草了《告欧洲人民书》,呼吁欧洲科学家应该竭尽全力,尽快结束这场人类大屠杀。然而,没有什么著名人士肯冒风险在这份宣言上签名。

在战争的岁月里,爱因斯坦总是愁绪万千,但在学术上他却异常地高产。1915年底，爱因斯坦又创立了广义相对论。这是一种关于空间、时间和万有引力的理论。

根据广义相对论的引力论和运动方程式，爱因斯坦推断，在引力场中传播的光线将要发生弯曲，并且建议，在下一次日全食时，通过天文观测来验证这个理论预见。

1919年5月，英国一位天体物理学家率领两个天文考察队，拟定在日全食时分别在巴西和西非摄影，以验证从广义相对论推出的这一重要结论。同年11月，伦敦皇家学会和天文学会联席会议正式公布观测结果。测得的光线偏转度竟和爱因斯坦计算的非常一致。这使牛顿的引力学说失去了普遍意义。

这个消息公布后，全世界为之轰动，爱因斯坦的声誉达到了巅峰。在这以前，科学界已公认爱因斯坦是伽利略、哥白尼以来最伟大的物理学家，而现在，他的名声在社会上广为流传，几乎家喻户晓。他的照片登上画报封面，他的名字出现在报刊的大字标题里。人们普遍称赞他是"20世纪的牛顿"。

爱因斯坦五十岁生日的时候，收到了许多从世界各地寄送来的贺信、贺电和礼品。礼品中有国王、总统等赠送的游艇、地毯、银质餐具等，他对这些贵重物品，没有去仔细瞧一眼。突然，他发现角落里有一袋烟草。拿来一看，袋子是手工缝制的，里面还有一封信。原来，这是一位失业老工人用省下来的几个钱，买了烟草装在烟袋里寄来的。爱因斯坦看了这封信，非常感动。他把国王、总统们撇在一边，第一封答谢信写给了这位失业老工人。

1933年，德国法西斯头子希特勒上台，加紧了对犹太人的迫害。爱因斯坦被迫迁居美国，任普林斯顿高级学术研究院教授。1940年,他取得美国国籍。

爱因斯坦虽然被人们誉为"20世纪的牛顿",但他一直钦佩牛顿,并且认为,如果没有牛顿的古典力学,就不会有他的相对论。一种正确的理论,是永远不会死亡的。直到晚年,他还这样说:

"牛顿啊,你所发现的道路,在你那个时代,是唯一的道路。"

1955年4月,爱因斯坦病逝于普林斯顿。这位有着世界声誉的科学家生前立有遗嘱,要求去世后不发讣告,不建坟墓,不立纪念碑,免除花卉布置和音乐典礼,并要求把他的骨灰撒在不为人知的地方。

火化时,只有他的亲属和少数挚友在场。他的遗嘱执行人在结束仪式时,念了德国伟大诗人歌德悼念亡友席勒的诗:

> 我们全都获益不浅,
> 全世界都感谢他的教诲;
> 那专属他个人的东西,
> 早已传遍广大人群,
> 他像行将陨灭的彗星,光华四射,
> 把无限的光芒同他的光芒永相结合。

萨拉热窝的枪声

地处欧洲南部巴尔干半岛上的美丽城市萨拉热窝有一条阿柏大街。大街上有块奇特的纪念碑,那是一块石板,上面刻着一双脚印。石板旁边的房子的墙上,刻着几行醒目的大字:"1914年6月28日,弗日罗·普林西普在这里用他的子弹表达了我们人民对暴虐的反抗与对自由的向往。"这幢墙上刻着字的房子是一个博物馆,它告诉了人们这块石板的来历。

1914年的时候,萨拉热窝所在的波斯尼亚地区是奥匈帝国的属地。当地的居民大多是塞尔维亚人。他们始终想摆脱帝国的统治,争取民族独立。当时奥匈帝国的皇太子叫斐迪南,他是个野心勃勃的军国主义分子,一心想凭借奥匈帝国雄厚的实力吞并整个塞尔维亚王国。这个恶魔的所作所为引起了塞尔维亚人的强烈憎恨。他们把皇太子斐迪南看成是自己民族不共戴天的仇敌。可是这位皇太子对此民意却满不在乎。为了在塞尔维亚人面前显示自己的实力,他决定在波斯尼亚举行一次军事演习,而且还要亲自去检阅军队。想到这是当皇帝前出风头的好机会,他特意选乘了豪华的敞篷轿车。

1914年6月28日,萨拉热窝城阳光灿烂,主干大街两旁挤满了看热闹的人群。斐迪南大公带着他的夫人检阅完军队后,乘车前往市政大厅。皇太子夫妇将在那里接受市政官员为他们举行的正式欢迎仪式。

斐迪南夫妇坐在车队的第一辆车上,他不时地朝路两边的人群招手微笑,一副自鸣得意的样子,就像是主人在自家的庄园里巡视似的。他哪里知道,已有七名塞尔维亚的爱国青年混在人群中,他们早已密谋在今天伺机谋刺皇太子。当车队行驶到阿柏大街的一座桥头时,七名青年人中的一个突然从人群中冲出来,朝斐迪南车的方向扔了颗炸弹,随后纵身跃入河中。炸弹落在了斐迪南的车后,并没有爆炸。这位皇太子吓了一大跳,但他强作镇静,装出一副不慌不忙的样子,跳下车来,拾起炸弹,狠狠地把它掷往路旁。炸弹爆炸了,炸伤了一些看热闹的群众。斐迪南无动于衷地回到敞篷车,命令司机照原计划继续前进,他怕马上逃走会有失自己的面子。那个跳入河中的青年很快就被警察逮捕了。

斐迪南夫妇按计划在市政厅出席了欢迎仪式后,决定在返回时改变行车路线,以免再生意外,但慌乱中忘了嘱咐开车的司机。当车队来到阿柏大街的一个十字路口时,敞篷车竟仍照原计划的路线朝右转弯。这时车速已加快,所以当坐在后面几辆车上的保卫人员急得直叫"走错啦!走错啦!一直朝前开!"时,车已拐到右边街上了。司机只得来个急刹车,并开始往后慢慢倒车。斐迪南夫妇为了维持皇太子和太子妃的体面,仍然在朝人群招手,心里却恨不得赶紧离开这鬼地方,他们甚至有些后悔不该到这个城市来。就在敞篷车倒车的这一瞬间,藏在人群中的另一名参加刺杀行动的塞尔维亚青年普林西普瞅准了这个绝好的时机,他一个箭步冲上前,朝着目标举枪就射,"嘭!""嘭!"两枪,第一枪击中斐迪南的颈部,皇太子的身体立刻朝旁边倾倒过去。当他的夫人本能地俯身去抱他时,第二枪响了,打中了她的腹部。就这样,斐迪南夫妇双双饮弹身亡。

普林西普在射出子弹后,立即将枪对准自己的头部准备自杀。但一个旁观者抓住了他的胳膊,紧接着他被赶来的警察逮住。在极短的挣扎期间,他设法吞下了一小瓶毒药。如同前一个暗杀者一样,他剧烈地痉挛、恶心和呕吐。看来毒药不是太稀就是失效了,他没能当场死去。

就在斐迪南被刺后的一个月,即1914年7月28日,奥匈帝国在德国的支持下,正式向塞尔维亚宣战。萨拉热窝的枪声就此引发了人类历史上第一次全球性的大血战——第一次世界大战。

奥斯维辛集中营

在第二次世界大战中,德国法西斯建立了许多集中营。在这些集中营中,坐落在波兰南部的奥斯维辛集中营是德国法西斯一个最大的"杀人工厂"。1939年波兰被德国侵占后,这个布满毒气室、焚尸场和化验厂的杀人工厂建立起来了。从1940年6月开始,成批的战俘和无辜的百姓每天络绎不绝地被从世界各地运送到这里。从军用火车下来后,有劳动能力的男人和女人立即被送进消毒站。他们被剃光头发,换上一身破旧的囚衣,每个人的左臂都编有号码,还有一块颜色不同的三角布:红色是政治犯,黄色是犹太人,黑色是拒绝劳动的人。失去劳动力和没有劳动力的人一下军用火车后,立即被送到集中营里的毒气室成批地杀害。毒气室从外表看一点都不起眼,这里甚至有精心修剪的草地,四周还有鲜花,入口处挂着"浴室"的牌子,播放着美妙的轻音乐。

"犯人"们鱼贯而入,起初他们还认为只是把他们带来消灭身上的虱子。一走进"淋浴间",他们发现这完全是个骗局,因为哪有两千多人像沙丁鱼似的挤着淋浴呢?

这时，厚重的大门关上了，加了锁，"淋浴间"被密封起来。德国兵从屋顶蘑菇形的通气孔中倒下蓝紫色的毒药，倒完后立即把气孔封上。

不一会儿，"淋浴间"里的人身上发青，血迹斑斑，直到痛苦地死去。二三十分钟后，抽气机把毒气抽掉，大门打开了。尸体被运往焚尸炉焚烧，再将骨渣运到工厂磨成粉末，然后用卡车运到拉索河边，倒入河中。奥斯维辛集中营的毒气室中有时一天竟毒死六千多人。

死人和"犯人"身上的黄金和贵重的物品被搜走了，死者的牙齿和头发被敲掉和剪下，用作法西斯的战略物资。有的"犯人"的脂肪被做成肥皂，有的皮被剥下来做成灯罩……

企图逃跑的人，则受到最残酷的刑罚，直至死刑。从1940年第一批犯人被运到奥斯维辛集中营，到1945年1月集中营被苏联红军解放为止，这里被德国法西斯残酷杀害的人共有四百多万，他们来自世界许多国家，其中有波兰人、俄罗斯人、匈牙利人、法国人、捷克人、希腊人、比利时人、美国人，还有中国人。

"圣雄"甘地与"非暴力不合作运动"

印度是个多元化的社会,人称世界上"保存最完好的人种、语言、宗教的博物馆"。这是由于印度是个拥有佛教、印度教、伊斯兰教、锡克教、耆那教、袄教、基督教、犹太教等多种宗教的国家。

当提起印度时,有些人的脑海中马上就会浮现出一个剃着光头、上身赤裸、皮肤黧黑、随身携带着一架木制纺纱机,一有空就纺起纱来的苦行僧式的人。这个人走到哪里,都会有一群信徒自愿跟随着他。他就是在印度有"圣雄"之称的印度独立运动领导人、国大党领袖莫汉达斯·卡尔姆昌德·甘地。1869年,甘地出生在孟买北部的卡提阿瓦半岛。父亲是一个小土邦首领。十七岁时甘地到英国求学,攻读法律,学成回国后从事律师工作。1893年,在南非的一次旅途中,一个白人乘客要求甘地从头等卧铺车厢离开,被甘地拒绝,后来白人叫来警察,强行把甘地从火车上赶了下来。这种不公正的待遇使甘地决心投身于反对种族歧视的斗争。在抵制种族歧视、维护印度人利益的过程中,他的非暴力主义思想逐渐形成了。

甘地创造了一种独特的争取印度民族独立解放的方式,叫作"非暴力不合作运动"。采用这种运动形式是因为甘地是一个虔诚的教徒,笃信印度教教义,而佛教和印度教这两种宗教都反对任何暴力,主张以忍让和和平的方式解决一切争端。因此甘地采用"非暴力不合作运动"的形式来反对英国的统治。

"非暴力不合作运动"在1930年的"食盐进军"中达到了高潮。为反对英国殖民当局垄断食盐生产、任意抬高盐税和盐价,甘地号召印度人民用海水煮盐,自制食盐。已逾六十的甘地带领一群人,徒步二十四天到海边煮盐。甘地和他的信徒们每天清晨先在海边祈祷,然后打来海水,蒸煮、分馏、过滤、沉淀。由于多次进行绝食斗争,甘地疾病缠身,但他自始至终参加劳动,坚持了三个星期。在他的倡导下,全国各地都开展了反对英国殖民统治者的斗争,罢工、罢课、游行示威,请愿运动一浪高过一浪。甘地不想看到暴力和流血事件发生,坚持以"非暴力"形式进行反抗斗争。他多次被捕入狱,但被释放后又多次绝食祈祷,发起了"个人不合作运动",继续为印度独立而奋斗。在为祖国独立解放而奋斗的同时,甘地也为了消除种姓制度、消灭印度教和伊斯兰教之间的纷争而斗争。他周游全国,到处进行演讲,常常为此而绝食。人们经常可以看到这位身体消瘦、神情疲倦而坚毅的老人冒着生命危险,调解两个教派的争端。

经过长期的斗争,印度人民终于获得了独立。在成立印度联邦制宪会议上,甘地被称为"过去三十年来的向导和哲学家,印度自由的灯塔"。英国驻印度总督蒙巴顿也称他是"印度自由的建筑师"。

获得了如此殊荣的甘地,依然保持着极端朴素的本色。他依旧赤着上身,剃着光头,随身带着纺纱机,一有空闲就纺纱,他为自力更生振兴印度的民族纺织业做出了表率。

1948年1月30日,七十九岁的甘地在一次调解教派纷争的活动中被一个极端分子刺杀。"圣雄"甘地伟大的一生结束了,但他永远活在印度人民和世界人民的心里。

知识链接

【文学常识】

一、史诗

　　史诗是一种古老的民间叙事长诗,它一般采用韵文或韵散结合的"说唱体"形式,它的主题严肃,题材重大,结构宏伟,格调庄严。史诗有的记叙一个民族在其原始发展阶段,对天地万物及人类起源所做的种种解释;有的则唱叙某个民族在形成过程中出现的部族迁徙、征战融合等重大事件。创世史诗,又名原始性史诗或神话史诗,它是一个民族早期集体创作的长篇讲唱作品,它们都与早期人类社会的发展有关,是人们在幼年时期对宇宙万物、人类社会的种种解释和看法,它显示民族早期的艺术才华和智慧。而以早期人类的部落征战和英雄斗争为主要题材的长篇口头讲唱作品就是英雄史诗,如古希腊的《伊利亚特》和《奥德赛》,亚美尼亚的《沙逊的大卫》和我国藏族的《格萨尔王传》、蒙古族的《江格尔》,等等。

二、史书的体裁

纪传体是以人物传记为中心的史书体裁,始创于司马迁的《史记》。用"本纪"叙述帝王,兼以排比大事;用"世家"记述王侯封国和特殊人物;用"表"统系年代、世系及人物等;用"书"或"志"记载典章制度的原委;用"列传"记人物、民族及外国。纪传体便于考见各类人物的活动,了解各项制度的发展。历代所修"正史"均采用这种体例。

编年体是按年月日顺序编写史书的体裁。中国古代记载史事,从《春秋》《左传》《竹书纪年》到后来的《汉纪》《后汉纪》《资治通鉴》等均用这种体裁。编年体以年月为经,以事实为纬,可以看出同时期各事件间的联系,为重要的史书体裁之一。

国别体是按照不同国家为单位,分别记叙历史事件的史书。春秋战国时期战乱频仍,国家分立,以此种方式编写史书在当时是很合理的。《国语》《战国策》《三国志》等都是具有代表性的国别体史书。其中《国语》是中国第一部国别体史书,又称"国记",起自西周穆王,迄于战国初年的鲁悼公,记载了周、鲁、齐、晋、郑、楚、吴、越等国的历史。

纪事本末体是以事件为中心的著史体裁。它与编年体、纪传体合称为古代三大史体。纪事本末体裁,每事一题,为一专篇,把分散的材料按时间先后加以集中叙述,兼有编年体和纪传体的优点,详于记事,方便阅读。它创立于南宋袁枢的《通鉴纪事本末》。

三、著名的历史典籍

1.《荷马史诗》

荷马,生于公元前8世纪后半期的爱奥尼亚,是古希腊最著名和最伟大的诗人。他是《荷马史诗》(《伊利亚特》和《奥德赛》)的作者。《荷马史诗》以抑扬格六音部写成,集古希腊口述文学之大成。它是古希腊最伟大的作品,也是西方文学中最伟大的作品。公元前11世纪至公元前9世纪的希腊史被称作"荷马时代",就因《荷马史诗》而得名。《荷马史诗》是这一时期唯一的文学史料。

2.希罗多德的《历史》

从古罗马时代开始,希罗多德就被尊称为"历史之父",这个名称被一直沿用到今天。希罗多德的《历史》在希腊史学史上是第一部堪称历史的著作。全书按内容基本上分为两大部分,前半部分叙述了黑海北岸的色雷斯人、希腊城邦及波斯帝国的历史、地理、民族和风俗习惯等,并记叙了希波战争爆发的原因。第二部分主要记述希波战争的经过和结果,从小亚细亚各希腊城邦举行反对波斯的起义,一直到公元前478年希腊人占领塞斯托斯城为止。《历史》内容丰富,非常生动地叙述了西亚、北非以及希腊等地区的地理环境、民族分布、经济生活、政治制度、历史往事、风土人情、宗教信仰、名胜古迹等,为我们展示了古代近二十个国家和地区的民族生活图景,宛如古代社会的一部小型"百科全书"。希罗多德从史诗、官府档案文献、石刻碑铭和当时的著作中,获取了很多资料,但更多利用的是他亲身游历和实地调查采访所获得的大量资料。《历史》是西方史学史上的第一座丰碑,为西方历史编纂学"开辟了一个新时代"。

3."二十四史"

"二十四史"——清乾隆时,《明史》定稿,诏刊二十二史,又诏增《旧唐书》,并从《永乐大典》等书中辑出薛居正《旧五代史》,合称"二十四史"。流行的"二十四史"有两种:一为武英殿本,即清代官刻本。清末以来各种翻刻本大体以此为依据。一为商务印书馆的百衲本,集合各史较早刻本影印,原书刻误多据殿本修改,但亦有误改之处。中华人民共和国成立后国家对"二十四史"加以整理、标点,为研究者提供了很大方便。"二十四史"卷目如下:《史记》《汉书》《后汉书》《三国志》《晋书》《宋书》《南齐书》《梁书》《陈书》《魏书》《北齐书》《周书》《南史》《北史》《隋书》《旧唐书》《新唐书》《旧五代史》《新五代史》《宋史》《辽史》《金史》《元史》《明史》。

4.《资治通鉴》

《资治通鉴》是我国古代著名历史学家、政治家司马光和他的助手刘攽、刘恕、范祖禹、司马康等人历时十九年编纂的一部规模空前的编年体通史巨著。全书二百九十四卷,有考异、目录各三十卷,三百多万字。《资治通鉴》所记历史断限,上起周威烈王二十三年(公元前403年),下迄后周显德六年(公元959年),前后共一千三百六十二年。《资治通鉴》的内容以政治、军事和民族关系为主,兼及经济、文化和历史人物评价,目的是通过对事关国家盛衰、民族兴亡的统治阶级政策的描述,警示后人。

5.汤因比的《历史研究》

汤因比是英国历史学家,早年曾在牛津大学接受古典教育,并成为希腊罗马史和近东问题的专家。1919年至1955年,汤因比长期担任英国伦敦大学教授,并多次参加政治和社会活动。他的一生著述很多,但全面反映他历史观点并使他成名的是一套十二卷本的巨著《历史研究》。这部书讲述了世界各个主要民族的兴起与衰落,被誉为"现代学者最伟大的成就"。

【学习思考】

一、阅读历史故事后,尽自己所能尝试着看看古代历史典籍的代表作(如《史记》等),看看历史故事和古代文献典籍有什么差别。

二、系统地阅读一定历史阶段的历史故事,把中国和西方同时期的历史事件相比较,尝试分析中西方文化和政治方面的区别。

(人民文学出版社编辑部 编写)